너와 세상 사이의
싸움에서

Im Kampf zwischen dir

청년 시절의 프란츠 카프카

프란츠 카프카
홍성광 옮김

너와 세상 사이의 싸움에서

Im Kampf zwischen dir und der Welt

차례

"새장이
  한 마리 새를
  찾아 나섰다."

1903년 11월 8일

많은 책은 자신의 성(城) 안의 낯선 방을 여는 열쇠 역할을 한다.

불평한다고 목에서 맷돌이 떨어져 나가지 않는다.

1912년 8월 14일

작가들의 가장 흔한 특성은 모두 특별한 방법을 사용해서 자신의 결점을 은폐한다는 사실이다.

1912년 12월 1일

고통 없이 값싸게 얻을 수 있는 행복은 없다.

1917년 10월 20일

악마적인 것은 때로 선한 것의 모습을 띠거나 심지어 완전히 선으로 둔갑하기도 한다. 악마적인 것이 눈에 띄지 않는다면 나는 당연히 굴복한다. 이 같은 가짜 선이 진짜 선보다 더 유혹적이기 때문이다. 그러나 악마적인 것이 눈에 띈다면? 만약 눈에 보이는 선의 발톱이 나를 붙잡으려고 한다면? 나는 한 걸음 뒤로 물러나서 고분고분하게 또 처량하게 침몰한다. 내 뒤에서 늘 내 결정을 기다리던 악 속으로.

1917년 10월 20일

세상의 때 묻은 눈으로 보면 우리는 긴 터널 속에서 사고를 당한 열차 승객과 같은 처지에 있다. 거기서는 입구의 빛이 더 이상 보이지 않고 출구의 빛도 아주 희미하다. 사람들은 시선을 두리번거리며 줄곧 빛을 찾아보지만, 어디가 입구이고 출구인지 알 수 없다. 그런데 감각의 혼란 때문인지 감각이 극도로 예민해진 탓인지 우리 주변은 온통 괴물뿐이고, 개개인의 기분과 부상 정도에 따라 무아경에 빠지게 하거나 피곤하게 하는 만화경 놀이뿐이다.

1917년 11월 9일

만약 기어 올라가지 않고 바벨탑을 쌓을 수 있었다면 그것은 아마 허용됐을지도 모른다.

1917년 11월 21일

기적을 일으키는 자는 말한다. 자신은 지상을 이대로 둘 수 없다고.

1917년 11월 21일

대상이 쓸모없다는 것으로 수단이 쓸모없다는 오해를 받을 수 있다.

1917년 11월 23일

순교자들은 육체를 과소평가하지 않는다. 그들은 육체를 십자가 위로 끌어올리게 한다. 그 점에서 그들은 그들 적과 같은 셈이다.

1917년 11월 24일

인간의 행위에 대한 인간의 판단은 진실한 동시에 공허하기도 하다. 말하자면 처음에는 진실하나 나중에는 공허하다.

1917년 12월 4일

메시아는 메시아가 더 이상 필요하지 않게 될 때에야 비로소 올 것이다. 메시아는 메시아가 도착한 후에야 비로소 올 것이다. 그는 마지막 날에 오지 않고, 가장 마지막 날에 올 것이다.

1917년 12월 8일

존재하는 것은 정신계밖에 없다. 우리가 감각계라고 부르는 것은 정신계에서는 악이다.

1917년 12월 9일

정신계 외에 다른 것이 존재하지 않는다는 사실은 우리의 희망을 앗아 가지만 동시에 희망을 주기도 한다.

1917년 12월 13일

구하는 자는 얻지 못하나, 구하지 않는 자는 얻는다.

1917년 12월 19일

이론상으로는 완전한 행복의 가능성이 존재한다. 그것은 내면에 있는 불멸의 것의 존재를 믿으면서 그 불멸의 것을 얻으려 애쓰지 않는 것이다.

1917년 12월 23일

불멸의 어떤 것이 한 가지 있다. 모든 개별 인간은 파괴할 수 없고, 이와 동시에 모든 인간은 불멸의 어떤 것을 공통으로 지니고 있다. 그 때문에 인간들 사이에는 불가분의 결합이 존재한다.

1917년 10월 20일

어떤 특정한 지점에서는 돌아오는 게 불가능해진다. 그러니 가려고 하는 지점에 도달해야만 한다.

1918년 1월 25일

우리에게는 인식이 있다. 그런데 인식을 얻으려 애쓰는 사람은 인식에 맞서려 한다는 의심을 받는다.

1918년 2월 11일

이 세상의 결정적인 특징은 덧없음이다. 이런 의미에서 보면 수 세기도 찰나의 순간이나 다름없다. 따라서 덧없음의 지속은 위안을 주지 못한다.

1918년 2월 21일

그리스도는 인류를 위해 고난을 당했다. 그러나 이제는 인류가 그리스도를 위해 고난을 당해야만 한다. 우리 모두가 한 몸은 아니지만 함께 성장한다. 그 때문에 우리는 이런저런 온갖 고통을 겪는다. 어린이가 인생의 각 단계를 거쳐 노인이 되고 죽듯이, 우리는 온 인류와 함께 세상의 온갖 고통을 겪으면서 발전한다. 이런 맥락에서 보면 정의를 위한 자리도 없을 뿐더러 고통을 두려워하는 자리 또는 고통을 공식적으로 해석할 자리 역시 없다.

1918년 2월 22일

너는 세상의 고통을 피할 수 있다. 그 가능성은 너 자신에게 달려 있고 네 본성과 일치한다. 하지만 어쩌면 이 회피가 네가 피할 수 있는 유일한 고통일지도 모른다.

1918년 2월 24일

겸손은 동료들과 더없이 강력한 관계를 맺게 해 준다. 그것도 즉시. 누구에게나 절망에 빠진 고독한 사람에게도 그러하다. 물론 그 겸손이 온전하고 지속적일 경우에만. 겸손은 진실한 기도의 말인 동시에 경배이자 굳은 결속이기 때문이다. 동료와의 관계는 기도의 관계이며, 자신과의 관계는 노력의 관계다. 노력을 위한 힘은 기도에서 나온다.

1919년 1월 13일

삶은 창살 없는 감옥이다. 죄수로 삶을 마감하는 것이 삶의 목표일지도 모른다. 그는 감옥 생활에 만족했을지도 모른다. 세상의 소음이 창살 사이로 드나든다. 죄수는 원래 자유로웠고, 온갖 일에 관여할 수 있었다. 그는 외부 일을 하나도 놓치지 않았다. 창살 간격이 사실 아주 넓어서 그는 스스로 감옥을 떠날 수 있었다. 그는 갇힌 적이 없었다.

1920년 7월 9일

인간이란 자신의 재산 목록을 죄다 알지 못하는 재력가와 같은 존재다.

1920년 11월

인간은 거대한 늪의 표면과 같다. 그가 감동할 때의 전체 모습은 늪 어디선가 작은 개구리가 푸른 물속에 풍덩 뛰어드는 것과 같다.

사랑은 가끔 폭력의 얼굴을 지닌다.

인간은 새장에서 고운 소리로 우는 새처럼 책 속에 인생을 가두어 두려고 한다.

자살하는 사람은 감옥의 마당에 세워지는 교수대를 보고 자신의 것으로 잘못 생각하고 밤에 탈옥해 목매달아 죽는 죄수다.

진실은 사람이 살아가기 위해 모두에게 꼭 필요한 것으로 진실 없는 삶은 불가능하다.

악은 선에 대해 알지만, 선은 악에 대해 알지 못한다.

네가 악을 받아들일 때 품는 속셈은 네 것이 아니라 악마의 속셈이다.

가시덤불은 옛날부터 길을 차단해 왔다. 네가 계속 나아가려면 그것을 불태워 버려야 한다.

진정한 적수로부터 무한한 용기가 네게 흘러 들어간다.

세상으로 도피하는 것 이외에 어찌 이 세상에 대해 기뻐할 수 있겠는가?

조그만 영혼이여, 그대는 춤추며 튀어 오르고, 따스한 공기 속에 머리를 드리우고, 바람에 부드럽게 흔들리는 반짝이는 풀밭에서 두 발을 쳐드는구나.

나는 죽을 수는 있지만 고통을 참을 수는 없다. 고통에서 벗어나려다 오히려 고통을 가중하는 결과를 초래했다. 나는 죽음에 순응할 수 있지만 고통에는 순응할 수 없다.

깊은 우물. 양동이를 끌어 올리는 데 몇 년이 걸린다. 그런데 아래로 굴러떨어지는 것은 순식간이다. 네가 아래로 몸을 숙이는 것보다 더 빨리, 아직 양동이를 손에 쥐고 있다고 생각하는 순간 벌써 저 깊은 곳에서 부딪히는 소리가 들리거나, 전혀 들리지 않기도 한다.

칠 일째 되는 날에 그는 쉰다. 그때 우리는 대지를 채운다.

너 자신을 인식하라는 말은 너 자신을 관찰하라는 뜻이 아니다. 너 자신을 관찰하라는 말은 뱀의 말이다. 그것은 너 자신의 행동의 주인이 되라는 뜻이다. 그러나 너는 벌써 그런 존재, 즉 네 행동의 주인이다. 그러므로 그 말은 "너 자신을 오해하라!" "너 자신을 파괴하라!"라는 뜻이니 무언가 나쁜 의미를 지닌다. 그런데 인간은 몸을 깊숙이 숙일 때만 자신의 선한 것도 듣게 된다. 그 선한 것은 이렇게 말한다. "있는 그대로의 네가 되도록 하라."

우리는 양쪽에서 신으로부터 분리되어 있다. 즉 원죄는 우리를 신으로부터 갈라놓고, 생명의 나무는 우리로부터 신을 갈라놓는다.

우리에게 죄가 있다는 것은 인식의 나무 열매를 따 먹어서가 아니라 지금까지 생명의 나무 열매를 따 먹지 못해서이기도 하다.

우리는 낙원에서 추방되었지만, 그것은 파괴되지 않았다. 낙원에서 추방된 것은 어떤 의미에서는 다행이었다. 만약 우리가 추방되지 않았더라면 분명 낙원이 파괴되었을 것이니까.

원죄에 대한 세 가지 처벌 가능성이 있었다. 가장 가벼운 벌은 실질적인 벌로서, 낙원으로부터의 추방이었고, 두 번째 벌은 낙원의 파괴였으며, 세 번째 벌은 ― 이것이 가장 무서운 벌이었을 것이다 ― 생명의 나무의 폐쇄와 그 밖의 다른 모든 것의 변함 없는 방치였다.

죽음의 가장 잔인한 점은 가상적인 종말이 실질적인 고통을 불러일으킨다는 점이다.

죽음이 그를 삶으로부터 들어냈음이 틀림없다. 마치 장애인을 휠체어에서 들어 올리듯이. 그는 휠체어의 장애인처럼 삶 속에 앉아 있었다. 확고하면서도 힘들게.

여성은, 아니 단적으로 말해 결혼이란 네가 대결해야 할 삶을 대변한다.

나는 그녀에게서 도망쳐 나왔다. 나는 고갯길을 뛰어 내려갔다. 높게 자란 풀들 때문에 달리기가 힘들었다. 그녀는 위쪽 나무 옆에 서서 내 뒤를 바라보았다.

인간은 누구나 자기 안에 하나의 방을 가지고 있다. 청각으로도 이 사실을 확인할 수 있다. 가령 사위가 조용한 밤, 누군가 빨리 지나갈 때 귀 기울여 들어 보면, 예컨대 제대로 고정되지 않은 벽의 거울이 달그락거리는 소리가 들릴 것이다.

고양이와 쥐
고양이가 쥐를 붙잡았다.
"어쩔 셈인가요?" 쥐가 물어보았다. "당신은 무서운 눈을 가졌군요."
"으흠" 하고 고양이가 말했다.
"나는 언제나 이런 눈을 하고 있지. 너도 차츰 적응할 거야."
"하지만 전 떠나고 싶은걸요. 아이들이 기다리고 있거든요."
"아이들이 기다리고 있다고? 그렇다면 빨리 가면 되지 않느냐? 그런데 너에게 물어보고 싶은 게 있는데."

"그럼 빨리 물어보세요. 이젠 정말 늦었으니까요."

죄, 고통, 희망과 참된 길에 대한 성찰[1]

1

참된 길은 하늘 높이 팽팽하게 당겨진 밧줄 위가 아니라 땅 바로 위의 밧줄[2] 위에 나 있다. 그것은 딛고 가게 되어 있다기보다는 오히려 걸려 넘어지게 되어 있는 듯하다.

---

1   이 제목은 카프카가 아니라 막스 브로트가 나중에 붙였다.

2   1917년 10월 19일 팔절지 노트에 기록된 글. 카프카는 하시디즘 이야기에서 밧줄의 모티프를 발견한 것으로 보인다. 사형 선고를 받은 두 남자가 연못을 가로지르는 밧줄을 따라 걸어서 목숨을 구할 수 있다는 내용이다. 첫 번째 사람이 반대편에 도착하자 그는 다른 사람에게 이렇게 말한다. "가장 중요한 것은 지금 밧줄 위를 걷고 있다는 사실과 목숨이 위태롭다는 사실을 잠시도 잊어서는 안 된다는 것이다." 이 이야기에서 밧줄은 '참된 경배로 가는 길'에 대한 명시적인 은유로 사용되며, 카프카는 이미지 자체의 논리에 의존한다. 그가 보기에 밧줄은 말 그대로 그 길을 걷기 결정할 때까지 길 위에 놓여 있다. 1922년 여름, 친구 로베르트 클롭슈토크에게 보낸 편지에서 카프카는 참된 길에 대한 은유를 계속 발전시킨다. "그러나 우리는 먼저 두 번째 길로 이어지고, 이것은 세 번째 길로 통하는 길에 있으므로 올바른 길은 꽤 오랫동안 오지 않고 전혀 오지 않을 수도 있어."

2

모든 인간적인 잘못은 조급함, 방법론적인 것의 섣부른 중단, 겉으로 보이는 사물에 겉으로 보이는 울타리를 치는 것이다.

3

다른 모든 죄가 파생되는 두 가지 주된 인간적인 죄가 있다. 조급함과 태만함이다. 그들은 조급함 때문에 낙원에서 추방되었고, 태만함 때문에 되돌아가지 못한다. 그러나 어쩌면 가장 주된 죄 하나는 조급함일 것이다. 그들이 쫓겨난 것은 조급함 때문이고, 되돌아가지 못하는 것은 조급함 때문이다.

4

망자들의 많은 혼백은 사자들의 강의 물결을 핥느라 바쁘다. 그 강은 우리로부터 흘러나와서 아직 우리 바다의 짠맛이 나기 때문이다. 그런 다음 강은 역겨움에 솟구쳐 올라 역류해서 죽은 자들을 다시 삶 속으로 띄워 보낸다. 그러나 그들은 행복해서 감사의 노래를 부르며 격분한 강물을 어루만져 준다.

5

어느 특정한 지점부터는 더 이상 돌아갈 수 없다. 이 지점에 도달해야 한다.

6

인간 발전의 결정적인 순간은 영속적이다. 그렇기에 이전의 모든 것을 무효로 선언하는 혁명적인 정신 운동은 정당하다. 왜냐하면 아직 아무런 일도 일어나지 않았기 때문이다.

7

악의 가장 효과적인 유혹 수단 중 하나는 싸우라는 촉구다. 그것은 침대에서 끝나는 여자들과의 싸움과 같다.

8

A는 무척 교만하다. 그는 선에 많이 앞서 있다고 생각한다. 왜냐하면 분명 늘 유혹의 대상인 그가 지금까지 전혀 알지 못하던 방향에서 오는 점점 더 많은 유혹에 노출되어 있다고 느끼기 때문이다. 그러나 올바른 설명을 하자면 큰 악마가 그의 내부에 똬리를 틀고 있으며, 더 작은 무수히 많은 악마가 큰 악마를 섬기러 다가온다는 사실이다.

9

가령 어떤 사과에 관해 가질 수 있는 관점의 차이는 이러하다. 식탁 위에 놓인 사과를 간신히 보기 위해 목을 쭉 뻗어야 하는 어린 소년의 관점과 사과를 집어서 함께 식사하는 아들에게 흔쾌히 건네주는 가장의 관점이다.

10

인식이 시작되는 첫 번째 신호는 죽고 싶다는 소망이다. 이 삶은 견딜 수 없을 것 같고, 다른 삶은 도달할 수 없을 것 같다. 사람은 죽고 싶어 하는 것을 더 이상 부끄러워하지 않는다. 사람은 싫어하는 낡은 감방에서 나와 비로소 싫어하는 법을 배우게 될 새로운 감방으로 보내 달라고 요청한다. 그가 이송되는 동안 주님이 우연히 복도를 지나가다 죄수를 보고 "이 죄수를 다시 가두지 말라. 그는 내게로 오는 자다."라고 말할 거라는 믿음의 잔재가 여전히 함께 작용한다.

11

네가 만약 평지를 걷는다고 생각할 때 가고자 하는 선한 의지가 있으면서도 뒷걸음질을 친다면 그것은 절망적인 일일지도 모른다. 하지만 너는 가파른 비탈길, 가령 너 자신이 아래로부터 보일 만치 가파른 비탈길을 기어오를 때, 뒷걸음질 친 것이 단지 땅의 속성 때문일 수도 있으니 절망할 필요가 없다.

12

가을날의 길은 깨끗이 쓸자마자 다시 마른 나뭇잎으로 뒤덮인다.

13

새장이 한 마리 새를 찾아 나섰다.

14

이곳에는 아직 한 번도 와 본 적이 없다. 숨결이 달라지고, 태양 옆에는 별 하나가 태양보다 더 눈부시게 빛난다.

15

만약 바벨탑을 오르지 않고도 그것을 건설할 수 있었다면 탑을 건설하는 것이 허용되었을지도 모른다.

16

네가 악 앞에 비밀을 지닐 수 있으리라고 악이 믿게 하지 마라.

17

표범이 성전에 침입하여 항아리의 성수를 다 마셔 버리는 일이 벌어진다. 그런 일이 자꾸 되풀이되자 결국 사람들은 그 것을 미리 계산할 수 있게 된다. 그리고 그것이 의식(儀式)의 일부가 된다.

18

손이 돌을 단단히 잡는 것처럼. 그러나 돌을 꽉 잡는 것은 더 멀리 던지기 위해서일 뿐이다. 하지만 그 길은 또한 저 멀 리까지 나 있다.

19

네가 과제다. 제자는 사방 그 어디에도 없다.

20

진정한 적수에게서 무한한 용기가 너에게로 흘러든다.

21

네가 서 있는 땅은 두 발이 덮고 있는 것보다 더 넓을 수
없다는 행복을 이해하라.

22

세상으로 도피하는 것 외에 어떻게 세상에 대해 기뻐할
수 있겠는가?

23

숨을 곳은 무수히 많으나 구원은 하나뿐이다. 하지만 구
원의 가능성은 숨을 곳만큼이나 다시 많다.

24

목적지는 있으나 길은 없다. 왜냐하면 우리가 길이라고
부르는 것은 망설임이기 때문이다.

25

우리는 부정적인 일을 하도록 부과되어 있다. 그러나 긍정적인 것은 이미 우리에게 주어져 있다.

26

악은 일단 받아들여지면 자신을 믿으라고 더 이상 요구하지 않는다.

27

네가 악을 자신에게 받아들이는 속셈은 너의 것이 아니라 악의 그것이다.

28

짐승이 주인의 채찍을 빼앗아 자기 자신을 채찍질하는 것은 주인이 되기 위해서다. 그러나 짐승은 그것이 주인의 채찍 끈에 있는 새로운 매듭에 의해 생겨난 환상에 불과하다는 것을 알지 못한다.

29

선은 어떤 의미에서는 절망적이다.

30

나는 자제하려고 애쓰지 않는다. 자제란 내 정신적 실존이 무한히 발산되는 어느 임의의 지점에 작용하고자 하는 것을 뜻한다. 그러나 내 주위에 그러한 원을 그려야 한다면, 나는 차라리 아무 일도 하지 않고 그 엄청난 전체를 그저 놀란 눈으로 바라보면서, 이와 반대로 이 광경이 주는 활력만을 집으로 가져가련다.

31

까마귀들은 단 한 마리의 까마귀가 천국을 파괴할 수 있다고 주장한다. 이 말은 의심의 여지가 없지만 천국을 반박하는 아무런 증거가 되지 못한다. 왜냐하면 천국이란 까마귀들의 불가능성을 의미하기 때문이다.

32

순교자들은 육신을 과소평가하지 않고, 육신을 십자가 위에서 드높인다. 그 점에서 그들은 그들의 적들과 하나가 된다.

33

그의 피로는 싸움을 끝낸 뒤의 검투사의 피로다. 그의 일은 어느 관청 사무실의 한쪽 구석을 하얀색으로 칠하는 것이었다.

34

소유란 없고, 단지 하나의 존재만 있을 뿐이다. 단지 마지막 숨을, 질식을 갈망하는 하나의 존재만 있을 뿐이다.

35

전에는 내 질문에 대한 답을 왜 얻지 못했는지 이해하지 못했고, 오늘날에는 내가 질문할 수 있다고 어떻게 생각할 수 있었는지 이해하지 못한다. 그러나 나는 전혀 그리 생각하지 않았고, 그냥 질문만 했을 뿐이다.

36

그는 혹시 소유하고 있을지 모르나 존재하지 않는다는 주장에 대한 그의 대답은 그저 떨림과 가슴의 두근거림뿐이었다.

37

어떤 이가 자신이 영원의 길을 얼마나 쉽게 가는지에 대해 놀라워했다. 그는 그 영원의 길을 미친 듯이 내달렸다.

38

악에 대해서는 분할해서 갚을 수 없다 ─ 그럼에도 사람들은 끊임없이 그렇게 하려고 한다.

39

알렉산드로스 대왕이 젊은 시절에 거둔 군사적 성공에도 불구하고, 그가 양성한 훌륭한 군대에도 불구하고, 그가 마음속으로 느꼈던 세상의 변화를 지향하는 힘에도 불구하고, 다다넬즈 해협에 멈추어 서서 그곳을 결코 건너지 못했을지도 모른다고 생각해 볼 수 있으리라. 그것도 두려움 때문이나 우유부단함 때문이 아니고 의지박약 때문도 아니라 현세의 어려움 때문에 그러했을지도 모른다고 생각해 볼 수 있으리라.

40

길은 무한하다. 거기에는 빼고 더할 것이 없다. 그렇지만 누구나 자신의 유치한 치수를 거기에 가져다 댄다. "분명히, 너는 이 치수의 길이만큼 더 가야 한다. 너는 그 점을 잊지 않을 것이다."

41

최후의 심판을 그렇게 부르는 것은 단지 우리의 시간 개념 때문일 뿐이다. 엄밀히 말하자면 그것은 즉결 심판이다.

42

세상의 불균형은 단지 수치상의 불균형에 지나지 않은 듯해서 위안이 된다.

43

역겨움과 증오로 가득 찬 머리를 가슴팍에 숙여라.

44

사냥개들은 아직 마당에서 놀고 있지만 야생 동물은 그들을 피해 달아나지 못한다. 지금 제아무리 숲속을 내달린다고 하더라도.

45

우스꽝스럽게도 너는 이 세상을 위해 스스로 마구를 맸다.

46

말은 고삐를 더 팽팽하게 잡아당길수록 더 빨리 달린다 — 말하자면 토대로부터 차꼬(Block)를 떼어내는 것이 불가능한 것은 아니지만, 끈을 찢어 버리면 그로써 마냥 즐겁게 달릴 수 있지 않겠는가.

47

독일어로 '존재한다(sein)'라는 단어에는 두 가지 뜻이 있다. '현존(Dasein)'과 '그것에 속해 있다(Ihmgehoren)'가 그것이다.

48

그들에게는 왕이 되느냐 아니면 왕의 파발꾼이 되느냐의
선택권이 주어졌다. 다들 어린이들의 방식에 따라 파발꾼이
되려 했다. 그 때문에 온통 파발꾼만 있게 된다. 그들은 세상
을 두루 돌아다니며, 왕이 없으므로 무의미해진 전갈을 서로
에게 외쳐 댄다. 그들은 비참한 삶을 끝내려 하지만 취임 선서
때문에 감히 그러지 못한다.

49

진보를 믿는다는 것은 이미 진보가 일어났음을 믿는다는
말은 아니다. 그것은 믿음이 아닐지도 모른다.

50

A는 명인(名人)이고, 하늘은 그의 증인이다.

51

인간은 자기 안에 있는 파괴할 수 없는 어떤 것에 대한 지
속적인 신뢰 없이는 살 수 없는데, 이때 그 파괴할 수 없는 것
뿐 아니라 신뢰 역시 그에게 언제까지나 숨겨져 있을 수 있다.
이 숨겨진 것이 표현될 가능성의 하나는 인격신에 대한 믿음
이다.

52

뱀의 중재가 필요했던 것은 악이 인간을 유혹할 수는 있지만 인간이 될 수는 없어서다.

53

너와 세상 사이의 싸움에서 세상을 지원하라.

54

우리는 아무도 속여서는 안 된다. 세상의 승리를 위해 세상을 속여서도 안 된다.

55

정신적인 세계 이외에 아무것도 존재하지 않는다 — 감각적인 세계라고 불리는 것은 정신적인 세계에서는 악이다. 그리고 우리가 악이라고 부르는 것은 우리의 영원한 발전의 어느 순간에 요구되는 필연성일 뿐이다.

56

더없이 강렬한 빛으로 세상을 녹일 수 있다. 세상은 약한 눈앞에서는 견고해지고, 보다 약한 눈앞에서는 주먹을 쥐고, 더욱더 약한 눈앞에서는 부끄럼을 타서, 감히 자신을 바라보려는 자를 때려 부순다.

57

최소한의 속임수를 추구하는 것, 보통 정도의 속임수에 머무르는 것, 최대한의 기만을 추구하는 것, 이 모든 것이 속임수다. 첫 번째 경우에는 선을 너무 쉽게 얻으려 함으로써 선을 기만하고, 악에는 너무 불리한 투쟁 조건을 설정함으로써 악을 기만한다. 두 번째 경우에는 그러므로 지상적인 것에서 선을 얻으려고 노력조차 하지 않음으로써 선을 기만한다. 세 번째 경우에는 선과 되도록 멀리 떨어짐으로써 선을 기만하고, 악을 극도로 고조시켜 그것을 무력하게 만들려고 함으로써 악을 기만한다. 따라서 이에 따르면 두 번째 경우가 더 선호될지도 모른다. 왜냐하면 사람들은 선을 기만하는데, 이 경우 적어도 겉으로 보기에는 악을 기만하지는 않기 때문이다.

58

우리가 원래 그것으로부터 해방되지 않았다면 극복할 수 없는 질문들이 있다.

59

언어는 감각적 세계 밖의 모든 것에 대해서는 단지 암시하는 방식으로만 사용될 수 있을 뿐, 결코 대략 비교하는 방식으로도 사용될 수 없다. 언어는 감각적인 세계와 상응하여 소유와 그것의 관계에 관해서만 다루기 때문이다.

60

사람들은 가능한 한 거짓말을 적게 할 때만 가능한 한 거 짓말을 적게 하는 것이지, 가능한 한 그럴 기회가 적을 때 거 짓말을 적게 하는 것이 아니다.

61

발걸음으로 깊숙이 패이지 않은 계단은 그 자체로 볼 때 다소 단조롭게 짜 맞춰진 목제에 불과하다.

62

세상을 단념하는 사람은 모든 인간을 사랑해야 한다. 왜 냐하면 그는 그들의 세상도 단념하기 때문이다. 그로 인해 그 는 참된 인간적 존재를 예감하기 시작한다. 참된 인간적 존재 란, 사람들이 그와 동등하다고 전제한다면, 사랑받을 수밖에 없는 존재다.

63

세상 안에서 이웃을 사랑하는 사람은 세상 안에서 자기 자 신을 사랑하는 사람에 못지않게 부당한 일을 행하는 것이다. 다만 이웃사랑이 가능할지 하는 것만이 문제로 남을 것이다.

64

하나의 정신적인 세계 외에는 아무것도 존재하지 않는다
는 사실은 우리에게서 희망을 앗아 가기는 하지만, 확실성을
주기도 한다.

65

우리의 예술은 진실에 눈이 멀어진 존재다. 뒤로 물러나
는 찡그린 얼굴 위에 비치는 그 빛은 진실하다. 그 외에 진실
한 것은 아무것도 없다.

66

낙원으로부터의 추방은 그 주된 부분에서는 영원하다. 따
라서 낙원에서의 추방은 최종적이고, 세상에서의 삶은 불가
피하지만, 그 과정의 영원성(또는 시간적으로 표현하면 과정의 영
원한 반복)은 그럼에도 우리가 낙원에 영구적으로 머무를 수
있을 뿐 아니라 우리가 거기서 실제로 영구적으로 있는 것을
가능하게 한다. 우리가 여기서 그것을 알든 모르든 상관없이.

67

그는 지상의 자유롭고 확고한 시민이다. 그는 지상의 모
든 공간을 자유롭게 다닐 수 있을 만큼 충분히 긴 사슬에 매여
있기 때문이다. 그러나 그 길이로는 지상의 경계를 떨치고 빠
져나올 수 없다. 동시에 그는 천상의 자유롭고 확고한 시민이

기도 하다. 지상에서와 비슷한 길이의 천상의 사슬에 매여 있기 때문이다. 그가 이제 지상으로 가려고 하면 천상의 목줄이 그의 목을 죌 것이고, 천상으로 가려고 하면 지상의 목줄이 그의 목을 죌 것이다. 그럼에도 그는 모든 가능성을 가지고 있으며, 그런 사실을 느낀다. 그렇다, 심지어 그는 그 모든 것을 맨 처음 묶일 때의 실수로 돌리기를 거부하기까지 한다.

68

그는 스케이터 초보처럼, 게다가 금지된 어딘가에서 연습하는 초보처럼 사실들을 뒤쫓는다.

69

가정의 수호신의 존재를 믿는 것보다 더 즐거운 일이 뭐가 있을까!

70

이론적으로는 완전한 행복의 가능성이 존재한다. 그것은 자기 안에 있는 파괴할 수 없는 것을 신뢰하고 그것을 얻으려 노력하지 않는 것이다.

71

파괴할 수 없는 것은 하나다. 각 개개인이 그러하며, 동시에 이는 모든 사람에게 공통된 것이다. 그렇기에 인간들 사이에 유례없는 불가분의 연결이 존재한다.

72

같은 인간 속에 완전히 다르면서도 같은 객체를 갖는 인식들이 존재한다. 그러므로 같은 인간 속에 다른 주체들이 존재한다고 역추리를 하지 않을 수 없다.

73

자기 식탁에서 떨어진 음식을 먹으면 잠시 동안 모든 사람보다 배부르게 되지만, 식탁 위의 음식을 먹는 것을 아예 잊어버리게 된다. 그리하여 식탁에서 떨어지는 음식도 없어지게 된다.

74

낙원에서 파괴되었다고 하는 것이 파괴될 수 있는 것이라면, 이는 결정적인 것이 아니었다. 그러나 만약 그것이 파괴될 수 없는 것이었다면 우리는 잘못된 믿음으로 살아가는 것이다.

75

인간성으로 너를 시험해 보라. 인간성은 의심하는 자는 의심케 하고, 믿는 자는 믿게 한다.

76

"여기에 닻을 내리지 않겠다."라는 느낌을 가져 보라 ─ 그러면 즉시 파도치며 밀려오는 밀물을 너의 주위에서 느끼리라!

77

어떤 선회, 숨어 엿보고, 불안해하고, 대답은 희망을 품고 질문 주위를 맴돌며, 게다가 수없는 질문의 얼굴을 절망적으로 찾으며, 그 질문을 좇아 너무나 무의미한 길, 즉 대답에서 되도록 멀어지려는 길을 따라간다.

78

사람들과의 교제는 자기 성찰을 유도한다.

79

정신은 멈추어 있기를 중지할 때 비로소 자유로워진다.

80

관능적인 사랑은 인간을 속여 천상의 사랑을 알지 못하게 한다. 혼자서는 그렇게 할 수 없을지도 모른다. 하지만 의식하지 않는 가운데 천상의 사랑의 요소를 자신 안에 가지고 있으므로 그렇게 할 수 있다.

81

진리는 나눌 수 없으므로 그 자체로 인식될 수 없다. 따라서 진리를 인식하려는 자는 거짓임이 틀림없다.

82

누구도 궁극적으로 자신에게 해로운 일을 요구할 리 없다. 그럼에도 개별 인간에게 그런 모습으로 나타나는 것은 ─ 어쩌면 늘 그런 식일지도 모른다 ─ 다음과 같이 설명될 수 있다. 어떤 사람이 요구하는 바가 그 자신에게는 유익하지만, 그 사건을 판단하기 위해 반쯤 끌려 들어온 두 번째 사람에게는 심각한 해를 끼친다는 점이다. 그 사람이 비로소 판단을 내릴 때가 아니라, 처음부터 즉각 두 번째 사람의 편을 들었다면 그 첫 번째 누군가는 소멸하고 그와 함께 요구도 소멸했을 것이다.

83

왜 우리는 원죄 때문에 탄식하는 것일까? 우리가 낙원에서 추방된 것은 원죄 때문이 아니라 먹어서는 안 되는 생명의 나무 때문이다.

84

우리에게 죄가 있는 것은 인식의 나무 열매를 따먹었기 때문만이 아니라, 우리가 아직 생명의 나무 열매를 먹지 않았기 때문이기도 하다. 우리는 죄지을 존재이긴 하나 죄와는 아무런 상관이 없다.

85

우리는 낙원에서 살도록 창조되었고, 낙원은 우리를 섬기도록 정해져 있었다. 우리의 운명이 바뀌었다. 그렇다고 낙원의 운명도 바뀌었을 거라고는 이야기되지 않는다.

86

악이란 특정한 여러 이행기에 나타나는 인간 의식의 방출작용이다. 본래 감각적인 세계가 아니라 그 세계의 악이 가상이다. 물론 우리 눈에는 감각적인 세계의 악이 감각적인 세계를 형성한다.

87

원죄 이래로 우리는 선과 악을 분별하는 능력에서 본질적으로 변한 것이 없다. 그럼에도 우리는 바로 여기에서 우리의 특별한 장점을 찾는다. 그러나 진정한 차이점은 이러한 인식의 저편에서 비로소 시작된다. 상반된 모습은 다음과 같은 사실에 의해 발생한다. 어느 누구도 인식만으로 만족할 수 없으며 그 인식에 상응하게 행동하려고 노력해야 한다. 그러나 그렇게 할 힘이 그에게 주어지지 않았다. 따라서 그는 심지어 필요한 힘을 얻지 못할 위험에 처하더라도 자신을 파괴해야 한다. 하지만 그에게는 이 마지막 시도 외에는 아무것도 남아 있지 않다.(이것은 또한 인식의 나무 열매를 따 먹는 일이 금지되면서 나타난 죽음의 위협을 의미한다. 어쩌면 그것이 자연적인 죽음의 원래 의미일지도 모른다.) 그런데 그는 이런 시도를 두려워한다. 차라리 그는 선악에 대한 인식을 되돌리려 한다.('원죄'라는 명칭은 이러한 불안으로 거슬러 올라간다.) 그러나 일어난 일은 되돌릴 수 없고, 다만 흐리게 할 수 있을 뿐이다. 이러한 목적을 위해 동기 부여가 생겨난다. 온 세상은 그 동기 부여로 가득 차 있고, 눈에 보이는 세상 전체는 어쩌면 잠시 쉬고자 하는 인간의 동기 부여에 불과할지도 모른다. 이는 인식의 사실을 변조하고, 인식을 애초의 목표로 삼으려는 시도다.

88

단두대 같은 믿음, 그것은 너무 무거우면서도 너무 가벼운 믿음이다.

89

교실 벽에 걸린 알렉산드로스 대왕의 전투 그림처럼 죽음은 우리 앞에 있다. 중요한 것은 우리가 아직 살아 있는 동안 우리의 행동으로 그림을 어둡게 하거나 아예 지워 버리는 것이다.

90

인간은 자유의지를 갖는다. 그것도 세 가지 종류나 된다.

첫째, 인간은 이 삶을 원했을 때 자유로웠지만, 이제 그는 물론 더 이상 이를 되돌릴 수 없다. 당시에 그는 그 삶을 원했던 사람이 아니기 때문이다. 다만 살아가면서 당시의 의지를 실행한다면 그럴 수 있을지도 모른다.

둘째, 인간은 이러한 삶의 방식과 방향을 선택할 수 있다는 점에서 자유롭다.

셋째, 언젠가 다시 한번 존재할 자로서 인간은 어떤 조건에서도 삶을 뚫고 나아가며, 이처럼 자신에게 돌아올 의지를 가진다는 점에서 자유롭다. 게다가 선택 가능한 길이지만 미로 같은 길 위에 있다는 점에서 자유롭다. 그런데 인간은 이 삶의 어떤 지점을 건드리지 않고는 이 길을 지나갈 수 없다. 이것이 자유의지의 세 가지 속성이다. 그러나 이 세 가지는 동시에 존재하므로 한 가지다. 실은 자유의지든 비자유 의지든 의지를 위한 공간이 존재하지 않을 정도로 한 가지다.

91

두 가지 가능성이 존재한다. 하나는 자신을 무한히 작게 만들거나, 또는 무한히 작은 모습으로 존재하는 것이다. 두 번째의 것은 완성, 즉 무위이고, 첫 번째의 것은 시작, 즉 행위다.

92

말의 오류를 피하기 위해 파괴되어야 하는 것은 먼저 완전히 확고하게 유지되어야 한다. 반면에 산산이 부서지는 것은 부서질 뿐 파괴될 수는 없다.

93

최초의 우상 숭배는 확실히 사물들에 대한 두려움이었으나, 이는 사물들의 필연성에 대한 두려움과 사물들에 대해 갖는 책임감에 대한 두려움과 관련이 있다. 이 책임은 너무나 엄청나 보였으므로 사람들은 유일한 인간 외적인 존재에게조차 감히 그 책임을 부과할 수 없었다. 왜냐하면 어떤 존재의 중재를 통해서도 인간의 책임은 아직 충분히 가벼워지지 않았을 것이고, 단 한 존재와의 교류는 너무나 과중한 책임감으로 얼룩졌을 것이기 때문이다. 따라서 사람들은 개개의 사물에 그 자신에 대한 책임을 부여했고, 더 나아가 이러한 사물들에 인간에 대한 책임도 부여했기 때문이다.

94

마지막으로 문제는 심리학이다!

95

인생을 시작할 때의 두 가지 과제. 너의 생활 영역을 점점 더 좁히고, 너의 영역 밖 어딘가에 너 자신이 숨어 있지 않은지 계속해서 살펴볼 것.

96

악은 때때로 도구처럼 손에 쥐여 있어서, 인식하든 인식하지 못하든 간에, 그럴 의지만 있다면 이의제기 없이 제쳐 놓을 수 있다.

97

이 삶의 기쁨은 그 삶의 것이 아니라 더 고귀한 삶으로 상승하는 것에 대한 우리의 두려움이다. 이 삶의 고통 역시 그 삶의 것이 아니라 저 두려움으로 인한 우리의 자학이다.

98

이곳에서만 고통이 고통이다. 이곳에서 고통당하는 이들은 이 고통 때문에 다른 곳에서는 드높여져야 한다는 의미가 아니라, 이 세상에서 고통이라고 불리는 것이 다른 세계에서는, 변한 것은 없으나 대립에서 벗어났다는 점에서 축복이라는 의미다.

99

우주가 광대무변하고 충만하다는 생각은 고된 창조와 자유로운 자성(自省)이 극단적으로 혼합된 결과다.

100

우리가 현재 처해 있는 죄지은 상태에 대한 더없이 가차 없는 확신보다 훨씬 더 많은 부담을 주는 것은, 비록 더없이 미약한 것이긴 해도, 우리의 현세성에 대해 언젠가 영원한 정당성을 부여했다는 것에 대한 확신이다. 순수하게 전자의 확신을 완전히 포괄하는 후자의 확신을 견뎌 내는 힘만이 신앙의 척도다.

101

많은 이들은 원래의 커다란 속임수 외에도 어떠한 경우든 작고 특별한 속임수가 특별히 그들을 위해 행해진다고 받아 들인다. 다시 말해 무대에서 연애극이 공연될 때 여배우가 연인을 위한 거짓 미소 말고도 관람석의 마지막 자리에 있는 어떤 특정한 관객을 위해서도 특별히 음험한 미소를 짓는다고 받아들인다. 그것은 너무 지나친 생각이다.

102

악마적인 것에 대한 지식은 있을 수 있지만 그것에 대한 믿음은 있을 수 없다. 왜냐하면 현재 존재하는 것보다 더 악마적인 것은 없기 때문이다.

103

죄는 언제나 공공연하게 나타나므로, 감각으로 곧바로 파악할 수 있다. 죄는 그 뿌리에까지 연결되므로 뿌리 뽑을 필요가 없다.

104

우리 주변의 모든 고통을 우리 역시 겪지 않으면 안 된다. 우리 모두는 한 몸은 아니지만 성장하는 것은 같아서, 그것이 이런 형태든 저런 형태든 온갖 고통을 겪게 한다. 어린아이가 인생의 온갖 단계를 거쳐 노년과 죽음에 이르기까지 발전하듯이(그리고 사실 저 단계는 이전 단계에서 볼 때, 욕망에서든 공포에서든 도달할 수 없는 것처럼 보인다.) 우리 역시 이 세상의 모든 고통을 통해 (우리 자신 못지않게 인류와 깊이 연결되어) 이 세계의 온갖 고통을 거치면서 발전한다. 이러한 맥락에서 볼 때 정의가 들어설 자리는 없지만, 고통에 대한 두려움이 들어설 자리나 응당 받아야 할 공로로서의 고통에 대한 해석이 들어설 자리도 없다.

105

너는 세상의 고통을 참고 견딜 수 있다. 이는 너의 자유로운 의지에 달려 있으며, 너의 본성에 상응한다. 하지만 어쩌면 바로 이같이 참는 것이 네가 피할 수 있는 유일한 고통일지도 모른다.

106

이 세상의 유혹 수단은 이 세상이 단지 이행 과정에 불과하다는 것에 대한 보증의 표시와 동일하다. 맞는 말이다. 왜냐하면 그렇게 함으로써만 이 세상은 우리를 유혹할 수 있고, 이는 진실과 상응하기 때문이다. 그러나 가장 고약한 것은, 우리가 유혹에 성공한 후 그 보증을 잊어버려서, 실은 선이 우리를 악 속으로, 즉 여인의 눈길이 우리를 그녀의 침대 속으로 유인해 버렸다는 점이다.

107

겸손은 누구에게나, 절망에 빠진 고독한 이라고 해도, 동시대인과 가장 밀접한 관계를 맺게 해 준다. 그것도 당장 그러하다. 물론 겸손이 완전하고 지속적인 경우에만 그렇긴 하지만. 겸손이 그렇게 할 수 있는 이유는, 그것이 진실한 기도의 말인 동시에 숭배이자 더없이 굳건한 결속이기 때문이다. 동시대인과의 관계는 기도의 관계이고, 자신과의 관계는 노력의 관계다. 노력을 위한 힘은 기도에서 끌어낼 수 있다.

108

네가 속임수 말고 다른 무엇을 알 수 있겠는가? 언젠가 그 속임수가 들키면 너는 뒤돌아보아서는 안 된다. 그러다간 소금 기둥으로 변하고 말 것이다.

109

모두가 A에게 무척 친절한 것은, 가령 훌륭한 당구대를 좋은 선수들에게조차 내주지 않고 조심스럽게 아끼려는 것과 같다. 마침내 위대한 선수가 와서 그 당구대를 면밀히 검토하고 이전에 생긴 어떤 흠집도 용납하지 않다가, 그 자신이 당구를 치기 시작할 때는 공을 사정없이 쳐 대며 분노를 폭발한다.

110

"그런 다음 그는 마치 아무 일도 없었던 것처럼 자기 일로 되돌아갔다." 이것은 출처가 불분명한 수많은 옛이야기에 나오는 잘 알려진 말이다. 어쩌면 어떤 옛이야기에도 나오지 않을지도 모르는데 말이다.

111

"우리에게 믿음이 부족하다고 말할 수는 없다. 우리가 살고 있다는 단순한 사실만으로도 그 믿음의 가치는 결코 고갈되지 않는다."

"여기에 어떤 믿음의 가치가 있는 걸까? 그렇지만 살지 않을 수는 없다."

"믿음의 광적인 힘은 바로 이 '않을 수는 없다'에 담겨 있으며, 이 부정 속에서 그 광적인 힘이 형태를 얻는다."

112

네가 집 밖으로 나갈 필요는 없다. 네 책상에 머물러 귀를 기울여라. 굳이 귀 기울일 것도 없이 그냥 기다려라. 굳이 기다릴 것도 없이 완전히 침묵하고 혼자 있으라. 세상이 자청해서 자기 모습을 너에게 드러낼 것이다. 세상은 달리 어쩔 수 없다. 세상은 넋을 잃고 네 앞에서 몸을 뒤틀 것이다.

113

가사(假死) 상태에 관해

한번 가사 상태에 빠져 본 사람만이 그 끔찍함을 이야기할 수 있다. 그러나 그는 사후세계가 어떠한지는 말할 수 없다. 그가 사실 다른 사람보다 죽음에 더 가까이 다가간 것도 아니다. 엄밀히 말하자면 그는 단지 어떤 특별한 '체험'을 한 것에 불과하다. 그로 인해 특별하지 않은 평범한 삶이 그에게 더 가치 있게 되었다. 특별한 무언가를 체험한 사람이라면 누구나 그와 유사할 것이다. 예를 들어 모세는 시나이산에서 무언가 '특별한 것'을 체험했다. 하지만 마치 자신을 알리지 않고 관 속에 누워 있는 가사자처럼, 그는 이 특별한 것에 몸 바치는 대신 산 아래로 달아났으며, 물론 값진 체험을 이야기해야 했다. 그는 피했던 사람들을 예전보다 훨씬 더 많이 사랑했으며, 그리고 나서는 그들을 위해 자신의 목숨을 바쳤다. 아마도 사람들은 감사하다고 말할 수 있을 것이다. 그러나 이 두 사람한테서, 즉 살아 돌아온 가사자와 돌아온 모세로부터 많은 것을 배울 수 있겠지만, 그들에게서 결정적인 것은 경험할 수 없을 것이다. 왜냐하면 그들 자신이 '그것을' 경험하지 못했기 때문이다. 만약 그들이 그것을 경험했다면 그들은 더 이상 돌아오지 않았을지도 모른다. 하지만 우리는 그것을 결코 경험하려 하지 않는다. 이는 다음 사실에서 엿볼 수 있다. 예를 들어 우리는 확실히 되돌아올 수 있는 상태, 즉 '자유 통행권'을 가진 상태라면, 가사자나 혹은 모세의 체험을 경험하고 싶다는 바람을 때때로 가질 수 있다. 아니, 심지어 우리의 죽음을 바랄 수도 있다. 그러나 살아 있으면서 그리고 되돌아올 가능성도 없으면서 관 속이나 시나이산에 머문다는 것은 생각조차 하기 싫은 일이다…….

(이것은 사실 죽음의 공포와는 아무 관계가 없다…….)

"내가 글을 쓰는 것은
분명 내 신체와
그것의 미래에 대한
절망감 때문이다."

1909년
기차가 지나갈 때 구경꾼들은 몸이 굳어 뻣뻣해진다.

작가들은 악취를 말한다.

작가들은 썩어빠진 것들을 이야기한다.

나는 마치 연인의 집을 지나가듯 사창가를 지나갔다.

그의 진지함이 나를 죽인다. 머리는 옷깃에 넣고, 머리카락은 두개골 주위에 고정된 채 정돈되어 있고, 뺨 아래의 근육은 제자리에 팽팽하게 긴장되어 있다.

1909년
내가 쓰는 단어는 다른 단어와 거의 어울리지 않는다. 내

귀에 자음들은 서로 마찰해서 쇳소리를 내며, 모음들은 전시된 흑인들의 노랫소리처럼 들린다. 내 의심은 모든 단어 주변을 맴돈다. 나는 단어보다 더 먼저 의심을 본다.

1910년

상드[3]가 말한다. 프랑스인들은 모두 코미디언이라고. 하지만 이들 중 가장 재능 없는 이들만 코미디 연기를 한다.

정말이지 떠나고 싶다. 그럴 수만 있다면 물구나무를 서서라도 계단을 올라가고 싶다.

내가 글을 쓰는 것은 분명 내 신체와 그것의 미래에 대한 절망감 때문이다.

1910년 6월 19일

생각해 보면, 내가 받은 교육은 여러 방면에서 내게 무척 해가 되었다고 말하지 않을 수 없다. 이러한 비난은 한 무리의 사람들을 겨냥한 것이다.

나는 내가 받은 교육이 내가 이해할 수 있는 이상으로 나를 망가뜨렸다는 결론에 도달한다.

3   조르주 상드(George Sand, 1804-1876)의 위트를 하인리히 하이네가 소개한 것을 다시 인용하고 있다.

1910년 11월 6일

내가 고통을 쉽게 느끼는 것은, 이도 저도 나한테 허락되지 않기 때문이다. 그렇기에 너와 나를 비교하면 옳다고 할 수 없다.

1910년 11월 16일

괴테의 『타우리스의 이피게니에』를 읽다. 거기에 군데군데 실수가 드러난 대목을 제외하면, 한 순수한 소년의 입에서 나오는 건조한 독일어를 놀라서 바라보게 된다. 읽는 순간 각 단어는 읽는 사람 앞에서 시구에 의해 높이 떠받들어진다. 거기서 각 단어는 가냘프나 예리한 빛 속에 있다.

1910년 12월 15일

과거 유럽에서는 박람회에서 아프리카에서 데려온 흑인들을 '야만인'의 표본으로 전시한 적이 있었다.

1910년 12월 16일

일기 쓰기를 더 이상 포기하지 않을 것이다. 여기서 나 자신을 확인해야 한다. 여기에서만 그럴 수 있기 때문이다.

1910년 12월 17일

제논4은 정지하고 있는 것이 대체 아무것도 없느냐는 절실한 질문을 받고 말했다. 그렇고말고, 날아가는 화살은 정지하고 있는 거야.

만약 프랑스인들이 본질적으로 독일인들이라면 어떻게 그들이 독일인들에 의해 비로소 경탄받는단 말인가.

1910년 12월 19일

괴테의 일기를 약간 읽었다. 먼 과거가 이 삶을 이미 안심시키며 꽉 거머쥐고 있는데, 이 일기는 그 삶에 불을 지핀다. 모든 과정의 투명함은 그 일기를 신비롭게 한다. 이는 잔디밭을 계속 보고 있노라면 공원의 울타리가 눈에 안정감을 주면서도, 또 우리가 함부로 굴지 못하게 하는 것과 같다.

얼마 안 있으면 결혼한 누이가 처음으로 우리를 방문하러 온다.

1910년 12월 27일

내 힘으로는 더 이상 어떤 문장도 만들기 힘들다. 그렇다, 단어가 문제라면, 단어 하나를 놓는 것으로 충분한 일이라면,

---

4   제논의 '날아가는 화살은 날지 않는다.' 즉 '날아가는 화살은 정지해 있다.'라는 이 변증법은 '날아가는 화살은 매 순간 정지되어 있다.'라는 생각에서 기인한 것으로, 화살이 날지 않으려면 시간이 존재하지 않아야 하고, 시간이 존재하지 않는다면 화살도 존재할 수 없다는 유명한 역설'이다.

이 단어를 완전히 자신으로 채웠다는 차분한 의식으로 돌아설 수 있다면 좋으련만.

오후에는 한동안 잠을 잤고, 깨어 있는 동안에는 긴 의자에 누워 어린 시절에 겪은 사랑의 체험을 떠올렸다.(그 당시 나는 감기 기운이 있어서 누워 있었는데, 가정교사가 『크로이처 소나타』[5]를 읽어 주었다. 그녀는 내 흥분을 즐기는 법을 터득하고 있었다.) 또 야채로 된 저녁 식사를 상상하면서 내 소화에 만족했다. 그리고 시력이 평생 괜찮을지 어떨지 걱정했다.

1911년 1월 19일

지난해에 오 분 이상 깨어나 있지 못한 것 같으니 나는 철저히 끝난 것 같다. 매일 지구상에서 사라지기를 희망하든지, 아니면 어린아이로 새로 시작해야만 할 것이다. 그런다고 해서 조금도 희망이 보이지는 않지만 말이다.

언젠가 소설 한 편을 구상한 적이 있었다. 그 소설에서는 두 형제가 맞서 싸웠다. 그중 한 명은 미국으로 갔고, 그동안 다른 한 명은 유럽의 감옥에 있었다. 가끔 몇 줄 쓰기 시작했다. 글 쓰는 일이 곧 피곤해서였다.

5   베토벤의 소나타 작품과 같은 이름인 톨스토이의 소설이다.

1911년 2월 19일

특별한 종류의 영감 안에서 더없이 행복한 사람이자 더없이 불행한 사람인 나는 새벽 2시에 자러 간다. 그것은 내가 특정 작업뿐 아니라 모든 걸 할 수 있다는 영감이다. 내가 아무렇게나 문장 하나를 쓰면, 예컨대 '그는 창밖을 내다보았다.'라고 쓰면 그 문장은 이미 완벽하다.

1911년 2월 21일

잠시 나는 갑옷을 입은 느낌이었다.

예컨대 팔 근육은 내게서 얼마나 멀리 떨어져 있는가.

1911년 3월 26일

베를린에서 루돌프 슈타이너 박사[6]의 신지학 강연을 듣다. 수사학적인 효과가 있다. 상대방의 이의제기에 대해 편안한 대화를 나눈다. 듣는 사람은 이 강력한 적대적 태도에 놀라고, 듣는 사람은 걱정하게 되고, 마치 아무것도 아닌 것처럼 이러한 이의제기에 완전히 몰입한다. 듣는 사람은 이제 반박이 전혀 불가능하다고 생각하고, 방어 가능성에 대한 짧은 설명에 만족하게 된다.

---

6 루돌프 슈타이너(Rudolf Joseph Lorenz Steiner, 1861~1925). 오스트리아의 작가이자 신학자, 개혁 교육자이자 영적 세계관인 인지학의 창시자다.

1911년 8월 26일

내일 이탈리아로 떠나야 한다. 오늘 밤 아버지는 흥분한 나머지 잠을 이룰 수 없었다. 아버지는 사업 걱정에 완전히 사로잡힌 데다 병에 걸렸기 때문이다.

1911년 9월 29일

괴테의 일기. 일기를 쓰지 않는 사람은 일기와 관련하여 잘못된 위치에 있다. 예를 들어 그가 만약 괴테의 일기에서 '1797년 1월 11일, 하루 종일 집에서 여러 가지 일을 하느라 바빴다.'라는 글을 읽는다면, 그 자신은 하루에 그렇게 일을 적게 한 날이 없었다고 여길 것 같다.

1911년 10월 2일

잠 못 이루는 밤. 이런 일련의 밤들 가운데 벌써 세 번째 밤이다. 나는 잠이 잘 들기는 하지만 머리를 잘못된 구멍에 눕혀 놓은 것처럼 한 시간 뒤에 깨어난다. 나는 완전히 깨어나, 전혀 잠들지 않았거나 단지 선잠을 잤다는 기분이 든다. 또 잠 들어야 하는데 잠이 나를 거부하는 것처럼 느껴진다.

1911년 10월 5일

며칠 전부터 처음으로 이런 글쓰기조차 다시 불안해진다. 방에 들어와 책을 들고 탁자에 앉는 여동생에 대한 분노가 치민다. 이런 분노를 풀 수 있는 다음번의 조그만 기회를 노린다. 마침내 그녀가 보관함에서 명함 한 장을 꺼내 이 사이를 쑤신다. 그러자 분노가 사라지고, 머릿속에 날카로운 증기만 남은 상태에서 나는 안도감과 자신감을 가지고 글을 쓰기 시작한다.

1911년 10월 9일

내가 마흔 살이 되면 아마도 윗니가 튀어나와 윗입술이 약간 드러난 노처녀와 결혼할 것이다.

1911년 10월 26일

나 자신의 위로를 위해 버나드 쇼[7]의 자전적 기록을 적어 본다. 사실은 위로와는 반대되는 의미를 지니지만 말이다. 그는 소년 시절 더블린의 토지 회사 실습생이었다. 그는 곧 이 자리를 내던지고 런던으로 가서 작가가 되었다. 1876년부터 1885년까지 처음 구 년간 그가 번 돈은 모두 합해 140크로네에 불과했다. "하지만 내가 튼튼한 젊은이였고, 가족이 딱한 처지에 있었음에도 나는 삶의 전쟁에 뛰어들지 않았다. 나는 어머니를 내팽개쳤고, 어머니가 나를 부양하게 했다. 나는 늙은 아버지의 버팀목이 되지 못했고, 반대로 그의 옷자락에 매

---

7 버나드 쇼(Bernard Shaw, 1856~1950). 영국의 극작가 겸 소설가이자 비평가로 1925년 『인간과 초인』으로 노벨 문학상을 수상했다. 신랄한 작품으로 유명하며, 사회 문제와 불평등에 대한 비판적인 시각을 표현한 작품을 썼다. 작품으로 『피그말리온』, 『인간과 초인』, 『무기와 인간』, 『니벨룽의 반지』 등이 있다. '우물쭈물하다가 내 이럴 줄 알았지.'라는 묘비명으로 유명하다.

달렸다." 결국 나는 조금 위안을 얻는다. 그가 런던에서 자유롭게 지낸 몇 년간은 내게는 이미 지나가 버렸다. 가능한 행복은 점점 불가능한 행복으로 넘어가고 있다. 나는 끔찍한 대리인생을 살고 있고, 충분할 정도로 비겁하고 비참하다.

1911년 10월 27일

미신이란 불완전한 잔으로 마시면 악령이 인간의 몸속으로 들어오는 것을 뜻한다.

1911년 10월 30일

최고의 순수함에 도달하기만 하면, 고통스럽든 즐겁든 새로운 인상들을 내 전 존재 속으로 흘러들게 하지 않고, 의외의 새로운 약한 인상으로 그것을 흐리게 하고 쫓아내는 것이 나의 오랜 습관이다. 이는 나 자신에게 해를 입히려는 사악한 의도가 아니라, 그 인상의 순수함을 견디지 못하는 나약함이다.

1911년 11월 1일

오늘 그레츠[8]의 『유대교의 역사』를 욕심을 내 행복하게 읽기 시작했다. 그 책에 대한 갈망이 책 읽기를 훨씬 능가했기

---

8   하인리히 그레츠(Heinrich Graetz, 1817~1891). 유대인 출신의 독일 역사가. 그가 쓴 고대부터 현대까지의 유대인 역사는 19세기 역사학의 표준 작품이자 유대인 역사에 대한 가장 영향력 있는 종합적인 서술 중 하나다.

때문에 처음에는 생각했던 것보다 더 낯설었다. 나는 가끔 독서를 멈추고 휴식을 통해 나의 유대성을 생각해 보았다. 그러나 끝부분에 가서 새로 정복한 가나안 땅에 있었던 첫 정착의 불완전함이, 그리고 신망 있는 사람들(요수아스, 판사, 엘리스)의 불완전함을 성실하게 전달해 준 것이 내 마음을 사로잡았다.

철학자 멘델스존[9]의 아내가 가장 좋아하는 문장은 "전 우주에서 나는 얼마나 보잘것없는 존재인가!"다.

1911년 11월 5일

나는 이마가 계속 떨리는 가운데 글을 쓰려고 한다. 나는 집 전체의 소음이 들리는 중심부에 있는 내 방에 앉아 있다. 모든 문이 쾅쾅 닫히는 소리가 들린다. 그 소음 때문에 문 사이를 걸어가는 사람들의 발걸음 소리는 잘 들리지 않는다. 부엌 아궁이의 문이 쾅 닫히는 소리는 들린다. 아버지는 내 방의 문을 열어젖히고 들어와서는 질질 끌리는 모닝 가운 차림으로 지나간다. 옆방의 난로에서 재를 긁어내고 있다.

1911년 11월 9일

어느 글에선가 실러가 말했다. 주된 문제는 "정동(Affekt)을 성격으로 바꾸는 것."(또는 이와 유사한 것)이다.

---

9 모제스 멘델스존(Moses Mendelssohn, 1729~1786). 독일의 유대계 계몽주의 철학자, 비평가, 성서 번역가다. 작곡가 펠릭스 멘델스존의 할아버지다.

1911년 11월 14일

잠들기 전이다. 독신남으로 산다는 것은 퍽 고약한 일이다. 저녁에 사람들과 함께 보내는 데 끼어 달라고 부탁하게 되니 늙은 남자로서 품위 유지가 어렵다. 자기가 먹을 음식을 손에 들고 집으로 가져가야 한다. 차분히 확신하고 누구를 마냥 기다릴 수 없다. 누군가에게 선물하기 어렵고 또는 그러다 보면 화가 나는 수가 있다. 현관 앞에서 작별 인사를 하고 자기 아내와 함께 층계를 올라갈 수 없다. 아플 때 앉을 수 있다면 자신의 창밖으로 보이는 전망을 위안 삼을 뿐이다. 자신의 방에서 남의 집으로 통하는 옆문만을 이용할 수 있을 뿐이다. 결혼이라는 수단을 통해서만 친해질 수 있는 친척들의 서먹한 시선을 느끼게 된다.

1911년 11월 15일

미리부터 기분 좋은 상태에서 글을 쓰려고 책상 앞에 앉으면 한 단어 한 단어씩 아니면 심지어 명확한 단어들 속에서 우연히 생각해 낸 모든 착상이 무미건조하고, 뒤죽박죽이고, 경직되고, 주위의 모든 이에게 방해되고, 두려움에 차 있으며, 무엇보다 허술해 보인다. 하지만 원래의 착상 중에서 아무것도 잊히지 않은 것은 확실하다. 물론 그 이유는 대부분 내가 아무리 갈망하더라도, 갈망하기보다는 두려워했던 고양의 시간에 종이로부터 자유로워져서 좋은 것을 생각해 내기 때문이다. 또 그 후에 내가 포기해야만 할 정도로 충만함이 넘치고, 흐름에서 벗어나 맹목적으로 오직 우연만을 손쉽게 붙잡기 때문이다. 그 결과 침착하게 글을 쓸 때 내가 얻는 것은 충만함에 비하면 아무것도 아니다. 내가 얻는 것은 충만함 속에 살았으나 이 충만함을 되찾을 능력이 없어 해롭고 방해가 된다. 내가 얻은 것이 유혹적이지만 소용없기 때문이다.

1911년 11월 19일

내가 막스와 근본적으로 다른 사람임이 틀림없다. 그의 글들이 나와 다른 모든 사람이 개입할 수 없는 전체로서 내 앞에 놓일 때 나는 경탄을 금할 수 없다. 오늘 일련의 작은 서평을 할 때도 마찬가지다. 하지만 『리하르트와 사무엘』에 나오는 모든 문장은 나의 마지못한 양보와 관련이 있다. 그 양보에 대해 나는 마음속 깊이 고통스럽게 느낀다. 적어도 오늘만큼은 그렇다.

오늘 밤 다시 불안스럽게 억제된 능력으로 가득 차 있다.

1911년 11월 20일

나는 반대 명제에 확실히 반감이 있다. 그것은 뜻하지 않게 나타나기 하지만 놀랍지 않다. 그것은 항상 아주 가까이에 있었기 때문이다. 그것이 의식하지 못하는 가운데 있었다고 한다면, 그것은 가장 외곽의 가장자리에 있었을 뿐이다.

1911년 11월 23일

클라이스트[10]의 사망 100주년을 맞아 클라이스트의 가족은 그의 무덤에 "가문의 최고인 사람에게(Dem Besten ihres

Geschlechts)"라는 문구가 새겨진 화환을 바쳤다.

1911년 11월 29일

나는 소녀들의 교육, 성인이 된 모습, 세상의 법칙에 익숙해지는 모습에 항상 특별한 가치를 부여했다. 그러면 그들은 얼핏 알게 되어, 잠깐 말을 걸어 보고 싶어 하는 사람에게서 더 이상 필사적으로 도망치지 않는다. 그들은 이제 조금 멈춰 서 있는다.

1911년 11월 30일

삼 일 동안 한 글자도 쓰지 못했다.

1911년 12월 13일

나는 피곤해서 글을 쓰지 못했고, 따뜻한 방과 차가운 방의 소파에 번갈아 가며 누워 있었다. 다리가 아팠고, 역겨운 꿈을 꾸었다. 개 한 마리가 내 몸에 누워 있었는데, 앞발 하나를 내 얼굴에 대고 있었다. 나는 꿈에서 깨어났지만, 그 개를 바라보는 것이 겁나서 한동안 눈을 뜨지 못했다.

오랜만에 글을 쓰기 시작하면 단어를 허공에서 끄집어내

---

10 독일의 소설가이자 극작가인 하인리히 폰 클라이스트(Bernd Heinrich Wilhelm Von KLEIST, 1777-1811)를 말한다.

게 된다. 어떤 단어가 떠오르면, 그 한 단어만 남게 되고, 모든 작업이 처음부터 다시 시작된다.

1911년 12월 14일

아버지는 공장 일을 돌보지 않는다고 낮에 나를 꾸짖었다. 나는 수익을 기대했기 때문에 참여는 했지만, 사무실에 있는 한 함께 일할 수 없다고 설명했다. 아버지는 계속 욕설을 퍼부었고, 나는 창가에 서서 조용히 있었다. 하지만 저녁에 나는 점심시간에 나눈 대화를 통해 현재의 위치에 매우 만족하고 문학에만 시간을 다 쓰지 않도록 조심하면 된다고 생각하게 되었다. 이 생각을 좀 더 자세히 관찰하자마자 더 이상 놀랍지 않았고, 이미 그 생각에 익숙해진 것 같았다. 나는 문학에 모든 시간을 바칠 수 있는 능력이 내게 없다고 판정했다.

1911년 12월 16일

아무튼 사무실에서 해방되는 순간 즉시 자서전을 쓰려는 욕구에 따를 것이다. 많은 사건을 조종하기 위해서는 글을 쓰기 시작할 때 그러한 단호한 목표를 임시 목표로 염두에 두어야 할 것이다.

1911년 12월 19일

오늘 어머니와 아침 식사를 하다가 우연히 자식과 결혼에 대한 이야기를 나누었다. 한두 마디 나누었을 뿐이지만 어머니가 나에 대해 지닌 표상이 얼마나 현실과 동떨어지고 순진한 것인지 처음으로 분명히 알게 되었다.

1911년 12월 23일

일기를 쓰는 장점은 지속해서 겪는 변화를 편안하고 명료하게 의식하게 해 준다는 점이다. 대체로 우리는 당연히 이 변화를 믿고 예감하고 인정하지만, 그로부터 희망 혹은 평화를 얻어 내야 할 때면 언제나 무의식적으로 그 변화를 부인한다. 일기에서 우리는 오늘은 참을 수 없을 것 같은 상황에서도 살았고, 주변을 둘러봤고, 관찰한 것들을 기록했다는 증거를, 우리가 과거의 상황을 되돌아볼 수 있기에 더 현명할지도 모르는 오늘처럼 당시에도 이 오른손이 움직였다는 증거를 발견한다. 바로 그 때문에 우리는 아무것도 모르면서도 집요하게 계속했던 우리의 과거 노력의 대담성을 그만큼 더 많이 인정해야만 한다.

베르펠[11]의 시가 어제 오전 내내 내 머릿속을 증기로 가득 채웠다. 잠시 나는 그 감격이 나를 즉각 말도 안 되는 일로 이끌까 봐 두려웠다.

---

[11]   프란츠 베르펠(Franz Werfel, 1890~1945). 프라하 출생의 유대계 독일인으로 소설가, 시인, 극작가로 표현주의의 대표적 작가. 카프카, 브로트와 평생의 지기였다. 카프카는 베르펠의 시를 읽고 그의 시에서 솔직함과 천재성이 보인다고 격려했다. 그들은 기차나 증기선을 타고 블타바강을 함께 여행하기도 했다. 베르펠은 카프카와 나눈 우정을 평생 소중하게 간직했다. 시집 『세계의 친구』, 희곡 『거울 인간』, 소설 『베르디』, 『무사 다그의 40일』 등이 있다. 알마 말러의 세 번째 남편이기도 하다.

1911년 12월 24일

어렸을 때 나는 아버지가 사업가로서 종종 그랬듯이 최후의 것이나 또는 최종적인 것에 관해 이야기하면 불안했고, 불안하지 않으면 기분이 좋지 않았다.

1911년 12월 25일

소수 민족의 기억은 큰 민족의 기억보다 하찮지 않으므로 기존의 자료를 더 철저하게 처리한다. 문학사를 연구하는 전문가들은 소수에 불과하지만, 문학은 문학사의 문제라기보다는 민족의 문제이므로, 문학은 순수하지는 않더라도 안전하게 보존된다. 왜냐하면 소수 민족의 내부에서 민족의식이 개별 인간들에게 제기하는 요구들 때문에, 비록 문학의 몫을 알지 못하고 짊어지지 못하더라도, 각자는 언제나 문학의 몫을 알고 짊어지고 옹호할 준비가 되어 있어야 하기 때문이다.

괴테는 그의 작품들이 갖는 힘 때문에 독일어의 발전을 억제하는 것 같다. 그동안 산문의 형식은 그의 영향력으로부터 가끔 벗어나곤 했지만, 결국은 요즈음 그렇듯이, 그만큼 더 그에 대한 동경이 커지면서 다시 그에게로 되돌아갔다. 심지어는 괴테의 글에서 발견되기는 하지만 그와 아무 관련 없는 표현을 사람들이 본받기도 한다. 괴테에 대한 무한한 종속성이 완벽해지는 것을 보며 즐기기 위해서다.

1911년 12월 26일

『시와 진실』[12]에 나오는 구절들의 목록이 하나 있다. 뭐라고 확정하기 어려운 어떤 독특함 때문에 특히 강력하고 생동감 있으나 본래 서술된 내용과는 본질적으로 무관한 인상을 주는 구절 말이다. 예를 들어 호기심 많고 사랑받는 소년 괴테가 잘 차려입고 활기 넘치는 모습으로 보고 들을 수 있는 것이면 뭐든지 보고 듣기 위해 모든 지인의 집에 가는 괴테의 모습을 불러일으키는 구절 말이다. 지금 그 책을 쭉 훑어보았는데 그런 구절을 찾을 수 없다. 모든 구절은 분명해 보이고, 어떤 우연으로도 능가할 수 없는 생동감을 담고 있다. 언젠가 해가 되지 않게 책을 읽을 때까지, 그런 다음 제대로 된 구절을 발견하고 멈출 수 있을 때까지 나는 기다려야만 한다.

1912년 1월 4일

내가 여동생들 앞에서 낭독하기를 좋아하는 것은 내 허영심 때문이다.(그래서 예컨대 오늘은 글을 쓰기에는 너무 늦어 버렸다.) 나는 소리 내어 읽는 것에 의해 의미심장한 무언가를 해낼 것이라고 확신해서가 아니라, 오히려 낭독하는 좋은 작품에 좀 더 가까이 다가가고 싶은 욕망에 지배당할 뿐이다.

---

12 출생(1749)부터 바이마르로 출발(1775)하기까지의 기간을 다룬 괴테의 자서전. 예순 살에 이른 시인이 예술가로서의 자신을 중심 제재로 삼고 그의 특질의 싹틈, 발효, 개화, 결실의 발자취를 돌이켜보며, 발표된 많은 자기 작품 사이의 맥락을 지어 주고 전체의 관련하에 자신의 유기적인 발전의 자취를 묘사한 작품이다.

1912년 2월 4일

괴테에 대한 이야기(괴테의 대화, 대학 시절, 괴테와 함께한 시간, 프랑크푸르트에 있는 괴테의 생가)를 읽을 때는 열과 성의를 다해 읽는다. 그래서 다른 어떤 글쓰기도 할 수 없게 된다.

1912년 2월 5일

피곤해서 괴테의 『시와 진실』을 읽는 것도 포기했다. 나는 외적으로는 견고하지만, 내적으로는 차갑다.

어제 뢰비와 '시티 카페'에 있다가 잠시 기절했다. 그것을 감추려고 신문지 위로 몸을 숙였다.

괴테의 멋진 전신 실루엣. 이 완벽한 인간의 육체를 바라볼 때 거북스러운 느낌이 든다. 이러한 단계를 넘어서는 것은 상상할 수 있는 것의 범위를 넘어서는 것인데도, 이 단계가 그냥 우연히 짜 맞춰진 것으로 보여서다. 꼿꼿한 자세, 내려뜨린 두 팔, 가느다란 목, 굽힌 무릎.

1912년 2월 8일

괴테. "뭔가를 산출해 내겠다는 마음에는 한계가 없었다."

나는 신경이 더 예민해지고 더 약해졌다. 몇 년 전에는 자부심을 느꼈던 평온함도 상당 부분 상실했다.

1912년 4월 1일

일주일 만에 처음으로 글쓰기에서 거의 완벽하게 실패했다. 왜 그럴까? 지난주에도 여러 가지 기분을 겪었고, 글쓰기가 그 영향으로부터 보호받았다. 하지만 그 기분에 대해 글쓰기가 두렵다.

1912년 5월 6일

얼마 전 이후 처음으로 글쓰기에서 완전한 실패를 맛보았다. 시험받은 남자의 느낌이다.

1912년 5월 9일

오늘은 가족과 함께 암울한 저녁을 보냈다. 누이는 또 임신했다고 울고, 처남은 공장을 위해 자금이 필요하고, 아버지는 누이, 사업 및 가슴 때문에 흥분 상태이고, 나의 불행한 둘째 여동생, 그리고 이 모든 일 때문에 불행한 어머니, 그리고 글쓰기 때문에 행복하지 않은 나.

1912년 5월 22일

어제 막스와 아주 근사한 밤을 보냈다. 내가 나를 사랑한다면 그를 사랑하는 마음은 더 강하다.

1912년 6월 2일

어제 의사당 건물에서 미국을 주제로 한 소우쿱[13] 박사의 강연(미국의 모든 공무원은 선거로 뽑힌다. 누구나 공화당, 민주당, 사회당 세 정당 중 어느 하나에 소속되어야 한다.)을 들었다.

1912년 6월 6일

지금 플로베르[14]의 편지를 읽고 있다. "내 소설은 바위다. 이 바위에 매달리느라 세상사에 대해서는 아무것도 알지 못한다." ― 5월 9일에 나 자신에 대해 적은 것과 비슷하다.

1912년 7월 9일

오랫동안 글을 쓰지 못했다. 내일부터 시작한다. 그러지 않

---

13 소우쿱(František Soukup, 필명은 Radim. 1871~1940). 체코의 정치가, 변호사, 언론인. 오스트리아 하원의원, 체코슬로바키아 법무부 장관, 체코슬로바키아 상원 의장을 역임했다. 카프카는 1912년 6월 1일 체코의 사회 민주당 정치가 소우쿱 박사의 강연에 참가하여 많은 영향을 받은 사실이 있다. '미국과 관료 제도'라는 논제로 슬라이드를 곁들인 비판적인 강연이었다. 그의 '미국 선거제도에 관한 강연'은 『실종자』에서 거인의 등에 목마 탄 판사 후보자의 유세 장면에 영향을 끼쳤다.

14 귀스타브 플로베르(Gustave Flaubert, 1821~1880). 카프카와 막스 브로트는 『감정 교육』(1869), 『성 앙투안의 유혹』(1874) 등을 함께 원문으로 읽었다고 한다. 『성 앙투안의 유혹』은 스물네 살에 신경 발작을 겪은 이후 우연히 피터르 브뤼헐 2세의 동명의 그림을 보고 시작된 그의 심리학적, 철학적 사색에서 비롯한다. 이십칠 년 동안 세 번이나 고쳐 쓴 이 작품은 그리스의 옛 도시 테베의 황야에서 고행하는 3, 4세기의 성자 앙투안이 육욕이나 우상 따위를 상징하는 괴물들의 유혹을 이겨 내는 과정을 그리고 있다.

으면 멈출 수 없는 불만 상태에 빠지게 될 거고, 이미 실은 그런 상태다. 신경 과민증이 시작되었다. 내가 무언가를 할 수 있다면 미신 같은 예방 조치 없이도 그 일을 할 수 있을 것이다.

악마의 발명. 우리가 악마에 사로잡혀 있다면 그것은 한 명일 수 없다. 만약 한 명이라면 적어도 지상에서 신과 함께 있는 것처럼 평온하게, 아무런 모순도 느끼지 않고, 성찰도 없이, 우리 배후의 사람에 관해 확신하면서 살아야 할 테니까. 그의 얼굴은 우리를 깜짝 놀라게 하지 않을 것이다.

1912년 8월 21일
쉬지 않고 렌츠[15]를 읽었고 — 내 상태가 그의 상태와 같다. — 그로 인해 제정신을 되찾았다.

1912년 9월 22일
나는 「선고」라는 이야기를 22일에서 23일까지 밤 10시부터 다음 날 아침 6시까지 단숨에 써 내려갔다. 너무 오래 앉은 탓에 뻣뻣해진 다리를 책상 밑에서 꺼내기도 불가능할 정도였다. 무척 힘들기도 했으나 기쁜 마음도 있었다. 마치 물에서 앞으로 나아가듯이 이야기가 술술 진행되었기 때문이다.

---

15 괴테의 슈투름 운트 드랑 시기 친구로 정신 이상이 된 라인홀트 렌츠(Reinhold Lenz, 1751~1792)를 말한다. 그의 정신 질환 증세를 다룬 게오르크 뷔히너의 동명 소설이 있다.

1912년 9월 23일

소설을 쓰면서 내가 글쓰기의 수치스러운 골짜기에 머물러 있다는 확신이 입증되었다. 오직 이런 식으로만, 오직 이러한 맥락에서만, 육체와 영혼을 이렇게 완전히 열 때, 글을 쓸 수 있다.

1913년 2월 11일

「선고」의 게오르크(Georg)는 프란츠(Franz)와 글자 수가 같다. 벤데만(Bendemann)의 만(Mann)은 미지의 모든 가능성을 위해 미리 벤데(Bende)를 강화할 뿐이다. 그런데 벤데는 카프카와 글자 수가 같으며, 모음 에(e)가 카프카의 아(a)와 같은 자리에 위치한다.

프리다(Frieda) 역시 펠리체(Felice)와 글자 수가 같고 맨 앞에 에프(f)가 온다. 브란덴펠트(Brandenfeld)도 바우어(Bauer)와 첫 글자가 비(B)로 같고, 들판이라는 뜻의 펠트(Feld)는 농부를 뜻하는 바우어와 의미상으로 관련성이 있다.

1913년 5월 2일

다시 일기를 쓰는 일이 무척 절실해졌다. 불안한 내 머릿속. 사무실에서의 몰락. 쓰려는 내적 욕구는 있는데 몸이 따라주지 않는다.

1913년 5월 3일

끔찍하리만치 불안한 나의 내적 존재.

1913년 6월 21일

사방에서 견뎌 내야 하는 불안. 나를 향해 곧장 들이미는 듯한 의사의 진찰. 나는 내 속을 고스란히 드러내 보인다. 나는 그의 공허한 말을 내 안에 간직하고, 경멸하지만 반박하지는 않는다.

내 머릿속에 무시무시한 세계가 들어 있다. 하지만 찢어 버리지 않고 어떻게 나 자신과 그 세계를 해방하겠는가? 그리고 그 세계를 내 안에 억류하거나 묻어 두기보다는 차라리 골백번 찢어 버리자. 내가 이 세상에 존재하는 것은 그러기 위해서다. 이 사실은 내게 너무도 명명백백하다.

1913년 7월 21일

내 결혼에 대한 모든 찬반 의견의 종합

1 혼자서 삶을 감당할 능력이 없다. 생활 능력이 없어서가 아니라 이와 정반대다. 심지어 나는 누군가와 함께 사는 것을 이해하는 것이 있을 법하지 않다.

2 모든 일은 내게 곧장 생각할 점을 준다. 풍자 신문에 실린 모든 위트, 플로베르와 그릴파르처에 대한 기억, 잠자리가 준비된 부모님 침대 위에 놓인 잠옷을 바라보는 것, 그리고 막스의 결혼. 어제 여동생이 내게 이렇게 말했다. "(우리가 아는 사

람 중에) 결혼한 사람들은 모두 행복해. 이해되지 않는 일이야."
이 말 역시 내게 생각할 점을 주었고, 다시 덜컥 겁이 났다.

3 나는 많은 시간을 혼자서 보내야 한다. 내가 해낸 일은
혼자 있음(Alleinsein)으로 인한 성과물에 불과하다.

4 나는 문학과 무관한 것은 죄다 싫어한다. 대화를 나누는
것은(문학과 관계되는 대화일지라도) 나를 지루하게 한다. 대화
는 내가 생각하는 모든 것으로부터 중요한 사실, 진지함, 진실
을 앗아 간다.

5 관계 맺는 것과 저편으로 흘러가는 것이 두렵다.

6 특히 예전에 그랬듯이, 나는 내 여동생들 앞에서 종종
다른 사람들 앞에서와는 완전 딴사람이 되곤 했다. 두려움이
없고, 자신을 그대로 드러내 보이고, 강력하고, 주변을 놀라게
하는 사람이 되곤 했다. 평소에는 글을 쓸 때만 그렇다. 내가
누구보다도 내 아내의 중재로 그렇게 될 수 있다면! 하지만
그러면 글쓰기를 빼앗기는 것이 아닐까? 그것만은 안 돼, 그
것만은 안 돼!

7 혼자라면 언젠가 내 직장을 포기할 수 있을지도 모른다.
결혼하면 그것은 영영 불가능해질 것이다.

1913년 8월 13일

이제 어쩌면 모든 게 끝났고, 어제 보낸 편지가 마지막이
될지도 모르겠다. 그렇게 하는 것이 절대적으로 옳은 일이리
라. 내가 겪을 고통과 그녀가 겪을 고통 — 이것은 둘이 함께
받을 고통과는 비교할 수 없다. 나는 천천히 정신을 가다듬을
것이고, 그녀는 결혼할 것이다. 그것이 살아 있는 사람들 사이

에서 유일한 탈출구다. 우리 둘은 우리 둘을 위해 낭떠러지 길에 접어들 수 없다. 일 년 동안 그 일로 울고 괴로워한 것으로 충분하다. 그녀는 내 마지막 편지에서 그 점을 알아차릴 것이다. 만약 그렇지 않다면, 나는 그녀와 결혼할 것이다. 우리의 행복에 대한 그녀의 의견에 저항하기에는 내가 너무 약하기 때문이다. 또 내게 책임이 있는 한, 그녀가 가능하다고 여기는 일을 실현하지 않을 도리가 없기 때문이다.

1913년 8월 14일

「선고」로부터 내 경우에 해당하는 결론을 내 본다. 간접적으로 이 이야기는 그녀 덕분이다. 하지만 게오르크는 약혼녀 곁에서 몰락한다.

섹스는 둘이 함께 지내는 행복에 대한 처벌이다. 가급적 금욕적으로, 총각보다 더 금욕적으로 생활하기. 이것이 내가 결혼 생활을 견디게 해 줄 유일한 가능성이다. 하지만 그녀는?

1913년 8월 15일

아침 녘 침대에서 고통을 느낀다. 창문 밖으로 뛰어내리는 것이 유일한 해결책이라는 생각이 든다. 어머니가 침대로 오셔서 편지[16]를 보냈는지, 그것이 전에 쓴 편지인지 물어보

---

16 펠리체 바우어에게 보내는 편지다.

셨다. 나는 전에 쓴 편지를 더 다듬었을 뿐이라고 말했다. 어머니는 나를 이해하지 못하겠다고 말했다. 나는 어머니가 그러는 것이 당연하며, 이 일만 이해하지 못하는 것은 아닐 거라고 대답했다. 잠시 후 어머니는 알프레트 외삼촌에게 편지를 쓸 것인지 물어보셨다. 외삼촌이 당연히 내 편지를 받아야 한다는 것이다. 나는 왜 그것이 당연한지 물어보았다. 외삼촌[17]은 전보를 쳤고, 편지도 써 보냈다. 그가 내게 무척 호의를 품고 있다는 것이다. 나는 이렇게 말했다. "겉으로만 그럴 뿐입니다. 그는 내게 무척 낯설어요. 그는 나를 완전히 잘못 이해하고 있어요. 그는 내가 무엇을 원하고 필요로 하는지 알지 못해요. 나는 외삼촌과 아무 상관이 없어요." 그러자 어머니가 말했다. "그러니까 아무도 너를 이해하지 못하는 거야. 아마 나도, 네 아버지도 너에게는 낯설겠지. 그러니 우리 모두 너의 나쁜 점만 보려는 거지." "확실히 여러분 모두는 내게 낯선 존재입니다. 모두와 혈연 관계만 있을 뿐이지만, 그 관계는 자신의 의견을 말하지 않아요. 확실히 여러분이 나의 나쁜 점을 보려는 건 아니겠지요."

나는 무분별에 이를 때까지 모두로부터 나 자신을 차단할 것이다. 모두를 적대시하고, 아무와도 말하지 않을 것이다.

---

17   1913년 초 카프카는 마드리드에 사는 외삼촌 알프레트 뢰비에게 「선고」가 실린 연감 《아르카디아》와 함께 편지를 보냈다. 1913년 8월 5일 카프카는 그의 전보를 받는다.

1913년 8월 21일

오늘 키르케고르의 『재판관의 책』을 받았다. 내가 생각했던 것처럼, 본질적인 차이에도 불구하고 그의 사례는 나의 그것과 무척 비슷하다. 적어도 그는 지구의 같은 쪽에 있다. 그는 나를 친구처럼 확인시켜 준다. 나는 아버지[18]에게 다음 편지를 작성 중이며, 기력이 있으면 내일 보낼 예정이다.

"저의 직책은 견딜 수 없습니다. 제 유일한 갈망이자 유일한 직업인 문학과 모순되기 때문입니다. 저는 문학 외에는 아무것도 아니며 다른 것이 되고 싶지도 않습니다. 그러므로 제 직책은 결코 저를 그쪽으로 끌어당길 수 없지만 완전히 파괴할 수는 있습니다. 저는 그것에서 멀리 떨어져 있지 않습니다. 최악의 신경증 상태가 저를 계속 지배하고 있으며, 저와 딸의 미래에 대한 걱정과 고통의 한 해는 저의 저항력 없음을 완벽히 입증했습니다. 제가 왜 이 직책을 포기하지 않는지, ─ 저는 재산이 없습니다 ─ 왜 문학 작품으로 자신을 유지하려고 하지 않는지 물어볼 수 있습니다. 이에 대해 저는 그럴 힘이 없다는 가련한 대답만 할 수 있을 뿐입니다. 제 상황을 내다보는 한에는 제가 오히려 이 직책에서 몰락할 것이라고, 그것도 물론 신속히 몰락할 것이라고 말입니다. (……) 제 직책이 저를 변화시킬 수 없듯이, 결혼 역시 저를 변화시킬 수 없습니다."

1913년 8월 30일

출구가 어디에 있을까? 내가 전혀 알지 못한 거짓이 얼마

---

18 펠리체 바우어의 아버지에게 보내는 편지를 말한다.

나 난무하는지 모르겠다. 진정한 이별처럼 진정한 관계가 거짓으로 이어지는 것이라면, 나는 분명 옳게 행동한 것이다. 나 자신 속에는 인간적인 관계가 없으면 뻔한 거짓말도 존재하지 않는다. 제한된 관계가 순수하다.

1913년 11월 18일

다시 글을 쓰게 될 것이다. 하지만 그동안 나의 글쓰기에 대해 많은 회의가 들었다. 나는 근본적으로 무능하고 무지한 사람이다.

1913년 11월 19일

나는 일기 읽는 것에 사로잡혀 있다. 현재에 대한 확신이 더 이상 조금도 없기 때문일까? 모든 게 내게는 구조물로 보인다. 다른 사람의 모든 발언, 모든 우연한 광경은 내 안의 모든 것, 심지어 잊힌 것, 전혀 중요하지 않은 것을 다른 쪽으로 굴러가게 한다. 나는 그 어느 때보다 불안하고, 삶이 힘겹게만 느껴질 뿐이다. 그리고 나는 의미 없이 공허하다. 나는 사실 밤에 산에서 길 잃은 양이나 이 양을 뒤따르는 양과 같다. 이렇게 길을 잃고 슬퍼할 힘조차 없다.

나는 일부러 매춘부가 있는 골목을 걷는다. 그들 곁을 지나가면 자극이 된다. 그들 중 한 명과 걸어갈 가능성은 희박하긴 해도 아무튼 있을 수 있는 일이다. 이것이 저속한 행동일까? 하지만 나는 더 나은 일을 알지 못한다. 그런 일을 하는 것은 기본적으로 무죄인 것 같으며, 내게 거의 후회되지 않는다.

1913년 11월 21일

허상들을 추적 중이다. 나는 어떤 방에 들어가 한쪽 구석에서 흰빛을 띠고 뒤죽박죽이 된 허상들을 발견한다.

1913년 12월 5일

어머니에게 어찌나 화가 나는지 모르겠다! 어머니와 이야기만 시작해도 벌써 화가 나서 거의 고함을 지르다시피 한다.

1913년 12월 12일

조금 전 거울에 비친 내 얼굴을 자세히 들여다보았다. 좀 더 자세히 보니 내가 알고 있는 얼굴보다 더 멋져 보였다.

눈빛은 황량하지 않고 그런 흔적조차 보이지 않지만, 그렇다고 순진무구하지도 않다. 오히려 믿을 수 없을 만치 열정이 넘쳐 보인다. 하지만 아마 그저 관찰하는 눈빛이었을 것이다. 이제 바야흐로 나 자신을 관찰하며 나를 불안하게 하려고 했기 때문에.

1914년 1월 5일

괴테의 아버지는 정신 박약으로 사망했다. 그가 마지막 투병을 하던 시기에 괴테는 『이피게니에』를 작업했다

한 궁정 관리가 크리스티아네[19]에 대해 "저 사람을 집에

19   괴테의 부인인 크리스티아네 불피우스를 말한다.

데려다주세요, 완전히 취했어요."라고 괴테에게 말했다.

여자들과 천박하게 어울리며 자신의 어머니처럼 술을 마셔 대는 아우구스트.

사회적 고려로 아버지 괴테가 정해 준 아내가 되어 사랑을 못 받는 오틸리에.[20]

1914년 1월 12일

청춘의 무의미함. 청춘에 대한 두려움. 무의미함에 대한 두려움. 비인간적인 삶이 무의미하게 다가오는 것에 대한 두려움.

1914년 1월 19일

사무실에서 자의식과 불안을 번갈아 느끼다. 평소에는 더 확신에 차 있다. 『변신』에 대해 큰 반감이 든다. 읽을 수 없는 결말이다. 거의 근저에 이르기까지 불완전하다. 당시에 출장으로 방해받지 않았더라면 훨씬 더 잘되었을 텐데.

1914년 2월 14일

내가 어쩔 수 없이 자살해야 하는 경우, 누구에게도 잘못은 없다. 예컨대 F의 태도가 가장 직접적인 동기라고 할 수 있더라도 말이다. 실제로 일어날지도 모를 장면을 혼자 상상해

---

20 괴테의 아들 아우구스트의 부인이다.

본다. 마지막을 예감해서 작별 편지를 호주머니에 넣고 그녀 집으로 간다. 청혼을 거절당한 뒤 나는 편지를 탁자 위에 올려 놓고 발코니 난간에서 뛰어내린다. 나를 말리려고 급히 달려 오는 사람들을 모두 뿌리치고 말이다. 편지에는 내가 F 때문 에 뛰어내리긴 했지만, 그녀가 내 청혼을 받아들였더라도 내 게 크게 달라질 것은 없었을 거라고 쓰여 있을 것이다. 나는 저 아래에 속하는 사람이며, 다른 타협점은 찾을 수 없다.

1914년 8월 5일

나는 나 자신에게서 옹졸함, 결단력 부족, 내가 열정적으로 온갖 해를 입히고 싶은 싸우는 사람들에 대한 시기와 증오 외에는 아무것도 발견하지 못한다.

1914년 8월 6일

문학의 측면에서 보면 내 운명은 무척 단순하다. 나의 꿈 같은 내면생활을 표현하고 묘사하는 것의 의미는 다른 모든 걸 부차적인 것으로 밀어놓음으로써, 다른 모든 것은 끔찍할 정도로 위축되었고, 그것도 중단 없이 위축된다. 그러나 이제 그런 묘사를 할 만한 힘이 나에게 있는지 전혀 짐작할 수 없 다. 어쩌면 그 힘은 이미 영원히 사라졌을지도 모른다. 그러나 혹시 그 힘이 또다시 나를 찾아올지도 모르겠다. 물론 내 생활 환경은 그다지 유리하지 않다. 그래서 나는 흔들리면서, 끊임 없이 산꼭대기로 날아오르지만 단 한 순간도 정상에서 몸을 지탱할 수 없다. 다른 사람들 역시 흔들리긴 하지만 낮은 지대에서 나보다 더 센 힘을 가진다. 그들이 떨어질 것 같으면 친척이 그들을 붙잡아 준다. 친척이 그들 옆을 걷는 것은 그럴 목적에서다. 그러나 나는 저 위에서 흔들린다. 그것은 아쉽게도 죽음이 아니라 죽어감의 영원한 고통이다.

1914년 10월 7일

소설을 진척시키기 위해 일주일간 휴가를 냈다. 오늘까지도 성공하지 못했다. 별로 쓰지 못한 데다 빈약하다. 물론 지난주에 나는 이미 하강기에 있었다. 그러나 이렇게 나빠지리라고는 미처 예상하지 못했다. 이 삼 일이 벌써 내가 사무실을 떠나서는 품위 있게 살 수 없다는 것에 대한 결론을 내려 주는 걸까?

1914년 10월 15일

Bl.[21]한테서 편지가 왔다. 그 편지를 어찌해야 할지 모르겠다. 나는 독신으로 살 운명임을 알고 있다. 내가 F를 사랑하는지도 모르겠다. 하지만 이 모든 것에도 불구하고 또다시 끝없는 유혹이 생긴다. 다음은 Bl. 양에게 썼던 편지를 기억을 더듬어 적어 본다.

"그레테 양, 당신의 편지를 하필이면 오늘 받은 것은 기이한 우연의 일치입니다. 무엇과 일치했는지는 언급하지 않겠

---

21 그레테 블로흐를 말한다.

습니다. 그것은 오늘 밤 3시경 제가 침대에 누웠을 때 했던 생각들(자살, 많은 지시 사항이 담긴 막스에게 보내는 편지)과 관련된 것입니다

당신의 편지에 무척 놀랐습니다. 당신이 내게 편지를 쓰는 것에 놀란 것이 아닙니다. 당신이 내게 편지를 쓰면 안 될까닭이 뭐가 있겠어요? 당신은 내가 당신을 싫어한다고 썼지만 그건 사실이 아닙니다. 모두가 당신을 싫어하더라도 나는 당신을 싫어하지 않습니다. 단순히 내게 그럴 권리가 없어서 그런 것만도 아닙니다. 당신은 사실 '아스카니셔 호프 호텔'에서 나에 대한 재판관으로서 앉아 있었습니다. 그것은 당신과 나, 모두에게 꺼림칙한 일이었지요. 하지만 그렇게 보였을 뿐입니다. 사실은 내가 당신의 자리에 앉았던 것이고, 오늘까지도 그 자리에 있습니다.

당신은 F에 대해 완전히 착각하고 있습니다. 세세한 일을 끄집어내려고 이 말을 하는 것은 아닙니다. 나는 세세한 일을 생각할 수 없습니다 — 그리고 내 상상력은 이러한 견지에서 이미 이리저리 쫓아다녔으므로 나는 그것을 신뢰합니다 — 내 말은, 당신이 착각하고 있지 않다고 나를 납득시킬 만한 세세한 일을 생각할 수 없다는 것입니다. 당신이 암시하는 것은 전혀 있을 수 없는 일입니다. F가 어떤 납득하기 어려운 이유로 오해하게 된다고 생각하는 것만으로 나를 불행하게 합니다. 하지만 그런 일도 있을 수 없는 일입니다."

1914년 11월 12일

자식들한테서 감사하는 마음을 기대하는 부모들은(심지

어 그것을 요구하는 부모들도 있다.) 고리대금업자와 같다. 이자만 받을 수 있다면 그들은 기꺼이 자본을 잃을 위험도 무릅쓴다.

1914년 11월 25일

공허한 절망감. 나를 일으켜 세울 수 없다. 고통에 만족할 때에야 멈출 수 있다.

1914년 11월 30일

더 이상 글을 계속 쓸 수 없다. 나는 최종 한계에 도달했고, 그러기 전에 다시 미완성으로 머물 새 이야기를 시작하기 위해서는 아마 다시 몇 년간 그대로 앉아 있어야 할 것이다. 이러한 숙명이 나를 따라다닌다. 나는 또한 다시 냉정하고 무감각해졌고, 완전한 휴식에 대한 노년 같은 애착만 남았다. 그리고 사람들과 완전히 분리된 한 짐승처럼 나는 이미 다시 목을 위아래로 흔들어 댄다. 그사이에 다시 F와의 관계를 복원하려고 한다. 나 자신에 대한 역겨움이 방해하지 않는다면 실제로 그 일을 시도할 것이다.

1914년 12월 2일

막스, 피크와 함께 베르펠 집에서 오후를 보냈다. 「유형지에서」를 낭독했다. 지워 버리기 어려운 너무나 명백한 실수를 제외하면 그런대로 만족스러웠다. 베르펠은 시와 『페르시아 황후 에스터』 중 두 막을 낭독했다. 그 막들은 감동적이지만 나는 약간 혼란스러운 기분이다. 그 작품이 그다지 만족스럽지 않다는 막스의 비난과 비교가 나를 방해한다.

1914년 12월 5일

나는 F를 불행하게 했고, 그녀에게 그토록 필요한 모든 사람의 저항력을 약화시켜 그녀 아버지의 죽음[22]에도 한몫했다. 이 불행은 필경 여전히 계속될 듯하다.

1914년 12월 9일

시카고에서 온 에밀 카프카[23]와 함께 있다. 그는 거의 감동을 주다시피 하는 사람이다. 그는 자신의 평온한 삶을 이야기한다. 아침 8시부터 저녁 6시 30분까지 백화점 일. 직물 부서에서 발송 총괄. 주급 15달러. 휴가 중 한 주는 유급, 오 년 뒤 14일 모두 유급 휴가.

미국인들은 일자리를 자주 바꾸고, 여름에는 대개 일하려고 몰려들지 않는다. 하지만 그는 일자리 바꾸는 것을 좋아하지 않는다. 그래 봤자 아무 이득이 없음을 잘 알고 있어서다. 그로 인해 시간과 돈만 잃을 뿐이다. 그는 이제까지 두 곳의 직장에서 각각 오 년씩 일했고, 미국으로 되돌아가면 — 기간이 정해지지 않은 휴가를 보내고 있다 — 다시 같은 일자리로

---

22   펠리체 바우어의 아버지 카를 바우어는 1914년 11월 5일 심장마비로 사망했다.

23   하인리히 카프카의 차남인 에밀 카프카(1881~1964)는 1904년 미국으로 이민 간 카프카의 사촌. 에밀의 삶과 아울러 미국으로 이주한 또 다른 두 사촌의 삶이 『실종자』를 쓰게 한 자극제가 된 것으로 보인다.

돌아갈 것이다.

그는 이미 서른네 살이지만 결혼에는 조심스럽다. 미국 여자들은 많은 경우 단지 이혼하려고 결혼하기 때문이다. 여자에게는 이혼이 아주 간단하지만, 남자에게는 비용이 아주 많이 든다.

1914년 12월 19일

소설마다 시작은 일단 우스꽝스럽다. 아직 미완성인 어디서나 민감한 이 새로운 유기체가, 모든 완성된 유기 조직이 완결을 추구하듯이 세계의 완성된 유기 조직 안에서 자신을 지탱할 수 있을 희망이 없는 것처럼 보인다. 물론 이 점과 관련하여 우리는 소설이 정당한 자격을 갖춘 경우, 아직 이야기가 완전히 전개되지 않았다고 하더라도, 그 안에 자신의 완성된 유기 조직을 갖고 있다는 사실을 잊고 있다. 그러므로 이러한 점에서 볼 때 소설의 시작 부분에서 실망하는 것은 부당하다. 마찬가지로 부모는 젖먹이 때문에 절망하지 않을 수 없을 것이다. 그들이 이 가련하고 특히 보잘것없는 존재를 세상에 내보내려고 한 것은 아니기 때문이다. 물론 사람들은 자신들이 느끼는 절망이 정당한지 아니면 부당한지를 결코 알지 못한다. 하지만 이러한 성찰은 어떤 근거를 제공할 수 있다. 내가 이미 피해를 본 것은 이러한 경험이 부족해서였다.

1914년 12월 20일

막스가 정신적으로 병든 자들을 너무 많이 등장시킨다고

도스토옙스키에게 이의를 제기한다. 완전히 틀린 말이다. 그들은 정신적으로 병든 자들이 아니다. 병명은 인물을 특징짓는 수단, 그것도 매우 섬세하고 매우 효과적인 수단에 불과하다. 예컨대 어떤 사람이 단순하고 멍청하다는 것을 끈질기게 계속 말하기만 하면 된다. 도스토옙스키적인 핵심을 자신 안에 가지고 있다면 그는 말 그대로 자신의 최고 업적을 내도록 자극받을 것이다. 이런 점에서 그의 특성은 친구들 사이의 욕설과 거의 같은 의미를 지닌다. 서로에게 "넌 바보야."라고 말하는 것은 상대방이 진짜 바보고, 그들이 이 우정을 통해 자신들의 품격을 떨어뜨렸다는 의미가 아니라, 그 말이 단순히 농담이 아니라면, 하지만 그 경우조차 대체로 의도의 무한한 혼합이다. 그러므로 예컨대 카라마조프의 아버지는 결코 바보가 아니라 매우 현명한 사람이고, 사악한 사람임에도 불구하고 이반과 거의 동등한 사람이며, 예컨대 서술자의 논박을 받지 않는 그의 사촌이나 또는 자신을 삼촌에 비해 무척 고상하다고 느끼는 지주인 조카보다 훨씬 더 현명하다.

  1915년 1월 19일

  공장에 가야 하는 한 아무것도 쓸 수 없을 것이다. 그것이 지금 내가 느끼는 작업에 대한 특별한 무능력인 것 같다. 일반 보험회사[24]에서 일할 때 느꼈던 무능력과 흡사하다. 생업에 너무 휘둘리면 내적으로 그것에 무관심하더라도 모든 조망 능력을 빼앗기게 된다. 협곡에 있으면서 게다가 고개마저 숙

---

24 카프카가 1907년 10월부터 1908년 7월까지 다녔던 회사다.

이고 있는 것처럼.

1915년 1월 24일

F와 보덴바흐에 와 있다. 우리는 언젠가 결합할 가능성이 없을 것 같다. 하지만 결정적인 순간에도 그녀와 나 자신에게 그것을 말할 엄두를 내지 못한다. 그래서 어처구니없게도 다시 그녀를 위로했다. 날이 갈수록 내가 더 나이 들고 더 고루해지기 때문이다. 그녀가 시달리면서도 동시에 평온하고 즐거울 수 있는지 이해해 보려고 하자 예전의 두통이 다시 생긴다. 많은 편지 쓰기로 다시 서로를 괴롭혀서는 안 된다. 이번 만남을 어쩌다 일어난 일로 넘기는 것이 가장 좋을 것이다.

1915년 2월 7일

완전한 정체 상태. 끝없는 고통.

1915년 2월 9일

어제와 오늘 「개 이야기」를 약간 썼다.

1915년 2월 16일

갈피를 잡을 수 없다. 마치 내가 소유한 것이 모두 달아난 것 같다. 그것이 다시 돌아온다 해도 나는 좀처럼 만족하지 못할 것이다.

1915년 2월 25일

며칠간 계속되던 두통이 지나간 뒤 마침내 약간은 더 홀가분하고 더 낙관적으로 되었다. 만약 내가 나 자신과 내 삶의 과정을 관찰하는 타인이라면 나는 이렇게 말하지 않을 수 없으리라. 나는 자학에만 창조적이라서 끊임없이 회의하며 소진되다가 결국에는 모든 게 무익하게 끝나 버릴 거라고. 그러나 나는 참여자로서 희망을 품고 있다.

1915년 3월 11일

동구 유대인과 서구 유대인. 저녁. 동구 유대인에 대한 서구 유대인의 멸시. 이러한 멸시의 정당성. 동구 유대인들은 이러한 멸시의 원인을 잘 안다. 하지만 서구 유대인들은 그렇지 못하다.

1915년 4월 9일

오늘은 소음 때문에 잠자는 것에서부터 글쓰기까지 방해받았다.

1915년 5월 4일

스트린드베리[25]의 (『불화』)를 읽고 상태가 더 좋아졌다.

---

25 아우구스트 스트린드베리(August Strindberg, 1849~1912). 스웨덴의 극작가이자 소설가. 심리학과 자연주의를 결합시킨 새로운 종류의 서구극을 만들어 냈

내가 그를 읽는 것은 단순히 그를 읽기 위해서가 아니라 그의 품에 안기기 위해서다. 그는 나를 아이처럼 자신의 어설픈 팔로 안아 준다. 나는 동상 위의 사람처럼 그의 팔 위에 앉아 있다. 나는 열 번이나 미끄러질 뻔하다가 열한 번째 시도 끝에 착 달라붙어 앉게 되어 안정감과 넓은 조망을 획득한다.

1915년 5월 27일

지난번 일기를 쓴 이래로 불운했다. 몰락해 간다. 그토록 무의미하고 불필요하게 몰락해 간다.

1915년 9월 13일

아버지의 생신 전날 밤. 새 일기. 평소만큼 그렇게 필요하지 않다. 자신을 불안하게 할 필요가 없다. 이미 충분히 불안하다. 하지만 어떤 목표로, 언제까지나, 어떻게 건강하지 않은 마음이 그렇게 많은 불만과 그토록 끊임없이 잡아끄는 욕망을 견딜 수 있을지.

산만함, 기억력 감퇴, 어리석음!

으며, 이것은 후에 표현주의 극으로 발전했다. 뛰어난 자서전 『하녀의 아들』에서 알 수 있듯이 그의 어린 시절은 어머니의 신분, 정서 불안, 가난, 할머니의 종교적 광기, 무관심 등에 상처를 받았다. 대표작으로는 『아버지』, 『줄리 아가씨』, 『채권자들』, 『꿈의 연극』, 『유령 소나타』 등이 있다.

1915년 9월 16일

가장 효과적으로 찌를 수 있는 곳은 목과 턱 사이인 것 같다. 턱을 들고 팽팽해진 근육을 칼로 찌른다. 그러나 이 부위는 아마도 상상 속에서만 효과적일 것이다. 칠면조의 구운 허벅지 살에서 볼 수 있듯이, 이와 비슷하게 거기서 힘줄과 작은 관절이 찢기고 피가 엄청나게 쏟아져 나올 것으로 예상할 수 있다.

1915년 9월 29일

나쁘고 비참한 수면, 아침부터 고문하는 것 같은 두통, 그러나 보다 홀가분한 날이다.

1915년 9월 30일

장편 소설 『아메리카』와 『소송』에서, 로스만과 K, 죄 없는 자와 죄 있는 자는 결국 둘 다 똑같이 처벌받아 죽임을 당한다. 죄 없는 자는 보다 손쉽게, 때려눕혀지기보다는 옆으로 밀쳐지는 식으로.

1915년 10월 6일

다양한 형태의 신경과민. 소음은 더 이상 나를 방해하지 않을 것 같다. 물론 지금은 작업하지 않는다. 좌우간 자신의 굴을 깊이 팔수록 더 차분해지고, 덜 불안해질수록 더 차분해진다.

1915년 10월 7일

어제 나이클라스슈트라세에서 무릎에 피를 흘리며 쓰러진 말을 보았다. 나는 대낮에 자제하지 못하고 얼굴을 찡그린다.

풀리지 않는 의문. 내가 망가진 건가? 나는 몰락하고 있는가? 거의 모든 징후(냉담함, 무감각함, 신경과민, 산만함, 직무 불능, 두통, 불면증)가 이에 찬성하고, 희망만이 이에 반대한다.

1915년 11월 5일

오후의 흥분 상태. 전쟁 채권을 사야 할지 그리고 얼마만큼이나 사야 할지 곰곰이 생각하기 시작했다. 필요한 신청을 하려고 두 번이나 영업소에 갔다가 들어가지도 않고 되돌아왔다. 열심히 이자를 계산했다. 그런 다음 어머니에게 채권을 1000크로네 어치 사라고 부탁했다가 2000크로네로 올렸다. 그러던 중 내 소유인 약 3000크로네 달하는 예치금이 있는 것을 전혀 몰랐다는 사실이 드러났다. 이를 알고도 거의 아무런 감동도 받지 않았다.

1916년 5월 11일

이 년 동안 억눌러 온 소원대로 군대에 갈 것이다. 나와 무관한 다른 사항들을 고려해서 만약 장기 휴가를 받게 되면 가장 먼저 군에 입대할 것이다. 하지만 직장과 군대 사정을 살펴보면 그럴 가능성은 없어 보인다. 장기 휴가는 반년 또는 일 년 정도를 생각한다. 내 경우는 확인 가능한 부위의 질병이 아니라서 월급을 바라기는 어렵다.

1916년 6월 2일

다른 부족들. 원시 시대에 인간들은 의식(儀式)을 치르면서 토템 신앙의 대상 동물들을 스스로 만들어 냈다. 즉 신성한 의식이 스스로 숭배 대상을 만들어 냈다.

1916년 6월 19일

막스가 징집에서 면제되어 기쁘다. 그럴 것으로 생각했다. 하지만 난 이제 현실을 목도하고 있다. 나는 다시 징집되지 못했다.[26]

1916년 7월 3일

펠리체와 마리엔바트에서 보낸 첫날. 나란히 붙은 방에 묵었다. 양쪽의 열쇠.

1916년 7월 4일

넌 누구냐? 나는 비참함이다. 나는 널빤지 두 개를 양쪽 관자놀이에 대고 나사로 고정시켰다.

---

26 카프카는 1916년 6월 21일 받은 징병 검사에서 자신의 희망과는 달리 무제한 군 복무 면제를 받았다.

1916년 7월 5일

누군가와 함께 살기란 힘든 일이다. 서먹서먹함과 연민, 쾌락, 비겁함, 허영심이 강요되고, 깊은 밑바닥에만 어쩌면 사랑이라고 부를 만한 가느다란 시냇물이 흐를 뿐일지도 모른다. 사랑은 구한다고 얻어지는 게 아니라, 어느 한순간에 한번 활활 타오르는 것일 수 있다.

가련한 F.

1916년 7월 6일

불행한 밤이다. F와 함께 살 수 없다. 누군가와 함께 사는 것을 견딜 수 없다. 그 사실이 유감스러운 것이 아니라 혼자 살 수 없다는 것이 유감스럽다. 하지만 더 나아가 유감스럽게 생각하는 것은 부질없는 일이니, 순응하고 마침내 이해한다. 땅에서 일어나 책을 붙든다. 하지만 다시 불면증과 두통이 돌아온다. 높은 창문에서 뛰어내리지만, 비에 젖어 부드러운 땅으로 떨어지면 치명적인 충격을 받지 않을 것이다. 눈을 감고 끝없이 뒤척이는 일은 누구에게나 제공된다! 탁 트인 전망.

구약 성경만 본다 ― 그것에 대해 아직 할 말이 없다.

1916년 7월 19일

꿈꾸고 울어라, 가련한 족속이여!

길을 못 찾고, 길을 잃었구나.

슬프구나! 네가 밤에 인사하면. 슬프구나! 아침이면.

1916년 8월 27일

끔찍한 이틀 밤낮을 보낸 후의 최종 견해는 이러하다. 약점, 절약, 우유부단, 계산술, 예방책 등과 같은 관리의 병폐에, 그래서 F에게 엽서를 보내지 않은 것에 감사하라. 네가 엽서를 취소하지 않았을 수도 있다. 나는 그것이 가능하다는 것을 인정한다. (……) 가령 플로베르, 키르케고르, 그릴파르처와 같은 이들과 자신을 비교하는 어리석은 오류를 그만둬라. 그것은 정말이지 소년 같은 짓이다.

1917년 8월 3일

또 한 번 나는 목청껏 소리쳤다. 그런 다음 사람들은 내게 재갈을 단단히 물렸고, 손과 발을 묶고 눈을 천으로 가렸다. 사람들은 나를 여러 번 이리저리 굴렸다. 똑바로 앉혔다가 다시 눕히기를 반복했다. 가끔 내 다리를 잡아당겨서 나는 아파서 저항했다. 사람들은 나를 잠시 가만히 누워 있게 하다가, 뜻밖에도 뭔가 뾰족한 것으로 기분 내키는 대로 이곳저곳을 마구 찔러 댔다.

1917년 9월 15일

등불을 높이 들고 너는 앞으로 나가고! 다른 자들은 조용히 내 뒤에 있어라! 다들 일렬로 서라! 그리고 조용히 하라! 그건 아무것도 아니었다. 겁먹지 마라. 내가 책임질 테니. 내가 너희를 이끌고 나간다.

무릇 가능성이 존재하는 한 네게는 시작 가능성이 있다. 그 가능성을 허비하지 마라. 네가 뚫고 들어가려고 하면 너를 부어오르게 하는 더러움을 피할 수 없을 것이다. 하지만 그 속에서 뒹굴지 마라.

1917년 9월 18일
모든 게 찢어져 산산조각이 났다.

1917년 9월 25일
나는 「시골 의사」 작업을 했을 때와 같은 만족감을 가끔 느낀다. 물론 그와 같은 것이 성공할 수 있다는 것(그럴 가능성은 매우 희박하다.)을 전제했을 때 말이다. 하지만 나는 세상을 순수하고 진실한 것으로, 불변의 것으로 고양할 수 있을 때에만 행복하다.

1917년 10월 8일
찰스 디킨스의 『데이비드 코퍼필드』(「화부」는 디킨스의 매끈한 모방이고, 나아가 계획된 소설이다. 트렁크 이야기, 행복하게 하는 자와 마술을 부리는 자, 저급한 일, 별장의 애인, 지저분한 집들 등등. 무엇보다도 그 방법이 그러하다. 내 의도는, 지금 내가 보듯이, 디킨스 소설을 쓰는 것이다.)

1919년 7월 6일

줄곧 같은 생각, 갈망, 불안. 그러나 평소보다는 더 안정되었다. 마치 먼 곳의 떨림을 감지할 수 있을 정도로 커다란 발전이 일어나고 있는 것처럼. 너무 많은 말을 했다.

1919년 12월 5일

원래 꿈에서만 제압될 수 있는 이 끔찍하고 좁은 틈으로 인해 다시 찢어졌다. 깬 상태의 내 의지로는 물론 그런 일이 결코 일어나지 않으리라.

1919년 12월 8일

월요일, 공휴일이다. 바움가르텐 공원, 레스토랑, 그리고 갤러리에 갔다. 고통과 기쁨, 죄와 순결, 이 둘은 서로 뗄 수 없을 만치 팔짱을 낀 것 같았다. 그것들을 절단하려면 살과 피, 뼈로 나누어야 할 것이다.

1919년 12월 9일

많은 엘레제우스.[27] 하지만 내가 어디를 향하든 검은 물결이 나를 덮치려고 밀려온다.

---

27 크누트 함순의 소설 『대지의 축복』에 나오는 인물. 카프카는 당시 그 소설을 읽고 있었는데, 특히 이 작가를 사랑하고 존경했다.

1920년 1월 6일

그가 하는 모든 일은 그에게 놀라울 정도로 새롭게 여겨진다. 만약 그것에 삶의 신선함이 없다면, 삶의 가치에 따라 그는 그것이 필연적으로 오래된 지옥의 늪에서 나온 것임을 알고 있다. 그러나 이 신선함은 그를 속이고, 잊게 만들고, 가볍게 여기거나, 또는 꿰뚫어 보게 한다, 그러나 고통 없이. 그렇지만 오늘은 의심할 여지 없이 전진이 시작되어 앞으로 계속 나아가는 날이다.

1920년 1월 9일

미신, 원칙, 그리고 삶의 실현 가능성. 악덕의 하늘을 통해 미덕의 지옥이 얻어진다. 그렇게 쉬운가? 그렇게 불가능한가? 미신은 단순하다.

1920년 1월 10일

그는 아르키메데스의 점[28]을 발견했다. 하지만 이를 자신에게 반대해서 사용했다. 이런 조건부로만 그에게 발견이 허가된 것이 분명하다.

---

28 고대 그리스 철학자 아르키메데스가 한 말이다. 그는 충분히 긴 지렛대와 그것이 놓일 만한 장소만 주어진다면 지구라도 들어 올릴 수 있다고 주장했다고 한다. 아르키메데스 점은 관찰자가 탐구 주제를 총체적인 관점에서 객관적으로 지각할 수 있는 가설적인 지점을 가리킨다.

1920년 2월 19일

우리가 거슬러 헤엄쳐 가는 이 물결은 너무나 물살이 빨라서 조금만 방심하면 어느새 한가운데서 찰싹거리는 황량한 적막감에 절망하게 된다. 다시 말해 그는 어쩔 수 없는 좌절의 한순간에 멀리 끝없이 밀려온 것이다.

1921년 10월 15일

일주일 전쯤 일기를 전부 M[29]에게 넘겨주었다. 좀 더 홀가분한가? 아니다. 내가 아직 일기 같은 것을 쓸 수 있을지? 어쨌든 달라질 것이다. 오히려 칩거하게 될 것이다. 무척 힘겹게 무언가를 끼적거릴 수 있다고 해도 내가 비교적 전력을 다했던, 예컨대 하르트[30]에 대해서도 쓸 수 없을 것이다.

1921년 10월 17일

나는 이 세상에 내적 상황이 나와 비슷한 사람이 있으리라고 생각하지 않는다. 물론 그러한 사람이 없다고는 할 수 없

---

29 밀레나 예센스카(1896~1944)를 말한다. 프라하 출신인 밀레나는 당시 남편 에른스트 폴라크(1886~1947)와 함께 빈에 살았고, 1919년 가을에 카프카를 알게 되었다. 두 사람은 1920년 4월부터 휴양지 메란에서 편지 왕래를 통해 점차 친밀한 관계로 발전했고, 프라하에서 만나기도 했다. 1921년 10월 밀레나가 카프카를 방문했을 때 일기와 『실종자』 원고를 그녀에게 넘겨주었다. 둘의 관계는 이 년 이상 지속되었다. 1939년 감옥에 갇힌 밀레나는 1944년 수용소에서 죽음을 맞이했다.

30 루트비히 하르트(Ludwig Hardt, 1886~1947). 프라하에서 카프카의 작품을 낭독했던 독일의 배우다.

겠지만, 신비로운 까마귀가 내 머리 주위로 도는 것처럼 그들 머리 위로 빙빙 돌면서 날고 있으리라고는 상상할 수 없다.

세월이 흐르면서 내 몸의 조직이 파괴된 것은 놀라운 일이다. 이는 서서히 진행된 댐의 붕괴처럼 완전히 의도적인 행위였다. 이를 완수한 정신은 지금 승리감에 차 환호할 것임이 틀림없다. 그런데 정신이 거기에 왜 나를 참여시키지 않는가? 어쩌면 정신이 자신의 의도를 아직 끝내지 못해, 다른 것은 생각할 틈이 없을지도 모른다.

1921년 10월 18일

영원한 유년기. 다시 삶의 외침.

삶의 영광이 누구에게나 또 언제나 완전한 충만함 속에서 준비되어 있지만, 그것은 깊은 곳 눈에 보이지 않는 아주 먼 곳에 있다고 충분히 생각할 수 있다. 하지만 영광은 거기서 적대감이나 반감 없이 귀 닫지 않고 있다. 올바른 말로 제대로 된 이름을 불러 주면 영광은 찾아올 것이다. 이는 창조하는 것이 아니라 불러 내는 마술의 본질이다.

1921년 10월 19일

사막에 난 길의 본질. 자기 부족의 민중 지도자로서 현재 일어나고 있는 일에 대한 의식의 잔재(더 이상은 생각할 수 없는)를 가지고 이 여정을 떠나는 사람. 그는 평생 가나안 땅의 날씨를 맡으며 산다. 그런 그가 죽기 전에야 그 땅을 보려고 했다는 건 믿을 수 없는 일이다. 이 마지막 희망은 인간의 삶이 얼마나 불완전한지를 보여 주는 의미를 지닐 뿐이다. 왜냐하면 이런 종류의 삶은 무한히 지속될 수 있을 것처럼 보이지만, 그러면서도 다시 한순간에 불과한 것이기 때문이다. 모세가 가나안 땅에 들어가지 못한 것은 그의 삶이 너무 짧아서가 아니라, 그 삶이 인간의 삶이었기 때문이다. 모세오경의 이 끝은 『감정 교육』의 끝 장면과 비슷하다.

삶에 생동감 있게 대처하지 못하는 자는 자신의 운명에 대한 절망에 약간 저항하기 위해 손 하나가 필요하다. 이것은 매우 불완전하게 일어난다. 그는 폐허 더미에서 본 것을 다른 손으로 기록해야 한다. 그는 다른 사람들과는 다른 것을 또 더 많이 보기 때문이다. 그렇지만 그는 생전에 죽어 있었고, 엄밀히 말하자면 살아남은 자다. 여기에서 전제된 것은 절망과의 싸움에서 그는 두 손이 아니라 자신이 가진 것보다 더 많은 손이 필요하다는 사실이다.

1921년 10월 25일

부모님은 카드놀이를 하셨고, 나는 완전히 낯선 존재로 혼자 앉아 있었다. 아버지는 내게 같이 참가하거나 최소한 구경이라도 하라고 하셨다. 나는 어떻게든 핑계를 댔다. 어린 시절부터 여러 번 반복된 이 거절은 무엇을 의미했을까? 그 초대는 내가 공동생활, 말하자면 공적인 삶에 다가갈 수 있게 해 주었다. 나는 동참을 요구받은 그 놀이를 잘하지는 못해도 그럭저럭 해낼 수는 있었을 것이다. 카드놀이가 너무 지루하지 않았을지도 모른다. 그럼에도 나는 거절했다. 그 점에 따라 판단해 보건대 나는 한 번도 삶의 물결 속으로 휩쓸려 들어간 적이 없었고, 프라하를 떠난 적도 없었으며, 스포츠를 하거나 기술을 배우라고 내몰린 적도 없었다고 불평한다면 내가 잘못 생각하는 것이다. 나는 필경 이 카드놀이처럼 모든 제안을 거부했을 것이다. 전혀 무의미한 것만 하는 것이 허용되었다. 법학 공부, 사무실, 그리고 나중에는 약간의 정원 가꾸기, 목공일 등과 같은 의미 없는 일들이 허용되었다. 이는 불쌍한 거지를 문밖으로 내쫓고는 동냥을 오른손에서 왼손으로 옮기면서하는, 혼자 자선가 행세하는 남자의 행동거지와 다를 바 없다.

1921년 10월 30일
완전히 속수무책이라는 느낌이 든다.

1921년 11월 1일
베르펠의 『염소의 노래』.
법을 무시하고 세상을 마음대로 처리하는 것. 법의 부과. 이 법을 준수하는 행복.
그 외의 모든 것은 옛날 그대로이면서, 새 입법자는 자유로워야 한다는 법만 세상에 부과하는 것은 가능하지 않다. 그것은 법이 아니라, 자의(恣意)이자 반항, 전횡일 것이다.

1921년 11월 7일
불가피한 의무인 자기 성찰. 내가 다른 이로부터 관찰당하고 있다면 당연히 나 역시 자신을 성찰해야 한다. 내가 누구에 의해서도 관찰당하고 있지 않다면 나는 더욱 엄밀하게 자신을 성찰해야 한다.

1921년 12월 1일

나를 네 번 방문하고 떠난 M이 내일 떠난다. 고통스러웠던 나날들 속에서 보다 차분한 나흘간이다. 그녀의 출발을 슬퍼하기에는 여기서부터 먼 길이다. 사실 나는 그녀의 출발 때문에 내가 무한히 슬퍼할 정도는 아니다. 물론 슬픔이 가장 고약한 것은 아니다.

1921년 12월 6일

어떤 편지에서. "이 슬픈 겨울에 나는 따뜻함을 느낀다." 메타포는 글쓰기에서 나를 절망하게 만드는 많은 것들의 하나다. 글쓰기의 비자립성, 난로를 피우는 하녀, 난롯가에서 몸을 데우는 고양이, 심지어 몸을 덥히는 가난한 노인, 이 모든 것에 대한 종속성. 이 모든 것은 독립적이고 그 자체의 법칙을 따르는 활동이다. 글쓰기만이 무력하고 자기 안에서 살아가지 못하며, 그렇기에 재미있기도 하고 절망스럽기도 하다.

아파트에 단둘이 있던 두 아이가 큰 여행 가방에 들어갔는데, 뚜껑이 닫히고 열리지 않아 질식사했다.

1921년 12월 20일

많은 것이 미끄러지듯 생각에서 빠져나간다. (……) 깊이 잠들었다가 놀라서 벌떡 일어났다. 방 한가운데 조그만 탁자에 웬 낯선 남자가 촛불을 받으며 앉아 있었다. 그는 어스름한 가운데 떡 벌어진 모습으로 육중한 모습으로 앉아 있었다. 겨울 웃옷의 단추를 풀어 헤쳐서 어깨가 더욱 넓어 보였다.

1922년 1월 16일

지난주에 실신 비슷한 현상이 있었다. 이 년 전 어느 날 밤에 일어난 일과 완전히 같았는데 두 번 다시 이런 체험을 하지 않았다. 모든 게 끝난 것 같았고, 오늘 역시 아직 완전히 달라진 것 같지 않았다. 이는 두 가지 방식으로 이해할 수 있고, 아마 두 가지를 동시에 이해할 수 있을 것이다.

첫째, 실신, 수면 불능과 기상 불능, 삶을 지탱할 수 없는 생활 불능을 낳는다. 둘째, 자기 성찰이라는 추적은 인류에게서 벗어나는 쪽으로 방향을 잡는다. 이전부터 대체로 내게 강요되었고, 가끔 내가 추구한 고독은 지금 아주 분명하게 가장 멀리 떨어진 곳을 향하고 있다. 그렇게 어디로 가게 될까? 고독은 정신 착란에 이르게 되고, 더 이상 그에 대해 말로 표현할 수 없다. 추적은 나를 헤집고 진행되어 나를 갈기갈기 찢어 놓는다.

1922년 1월 18일

성기가 나를 못살게 굴고 밤낮으로 괴롭힌다. 그것을 만족시키기 위해 공포와 수치, 그리고 아마 슬픔도 극복해야만 할 것이다.

1922년 1월 19일

어제의 확신이 오늘 무엇을 의미하는가? 그것이 어제와 동일한 것을 의미하고 진실한 것이라면 피는 법이라는 커다란 돌들 사이 틈 속으로 스며들 뿐이다.

1922년 1월 23일

다시 불안해졌다. 어떤 이유로? 금방 잊히지만 잊지 못하도록 불안을 뒤에 남기는 특정한 생각 때문에. 그 생각보다는 오히려 생각이 나는 장소를 말할 수 있을지 모른다. 예컨대 유대인 예배당 옆으로 나 있는 조그만 잔디 길을 오다 보면 불안해진다. (……) 더 이상 새로운 시도를 할 여지가 없다. 여지가 없다는 것은 나이 듦, 신경쇠약을 의미하며, 더 이상 시도하지 않는 것은 종말을 의미한다. 내가 생활반경을 예전보다 조금이라도 넓힌 적이 있는가. 가령 법학 공부 또는 약혼으로 모든 게 조금이라도 나아지기는커녕 더 고약해지기만 했다.

1922년 1월 27일

글쓰기가 주는 기이하고 신비롭고, 어쩌면 위험하면서도 구원이 되는 위로는 살해자들의 대열에서 뛰쳐나오는 것, 행위를 관찰하는 것이다. 보다 높은 종류의 관찰이 행해짐으로써 행위를 관찰하는 것이다.

1922년 1월 30일

누군가 이렇게 말한다면. "살아 있는 게 내게 무슨 상관이란 말인가? 내가 죽지 않으려는 것은 단지 가족 때문이다." 가족이 바로 그 삶의 대변자다. 그러니 나는 그 삶 때문에 살아갈 것이다. 그런데 어머니에 관한 한 그 말이 내게도 적용되는 것 같다. 최근에야 비로소 그러하다. 하지만 나를 그렇게 만드는 것이 감사함과 감동이 아닐까? 감사함과 감동, 어머니가 그 연세에 삶과 무관한 내 관계를 조정하기 위해 부단히 애쓰는 모습을 보이기 때문이다. 하지만 감사함은 삶이기도 하다.

1922년 2월 3일

꿈에 시달리느라 거의 한숨도 자지 못했다. 마치 꿈들이 내 안에, 탐탁잖은 물질 속에 새겨 넣어지기라도 하는 것 같다.

1922년 2월 4일

행복의 진실에 대해 완전히 이해하지도 못하면서 M[31]은 사람들과 수다를 떠는 것의 행복에 대해 말했다.(그럴 자격을 갖춘 슬픈 오만도 존재한다.) 나 이외의 다른 사람들은 얼마나 수다를 즐기는가! 아마도 너무 늦게 또 특이한 우회로를 통해 사람들한테 되돌아올지도 모른다.

31   밀레나 예센스카를 말한다.

1922년 2월 12일

내가 만날 때마다 늘 물리치는 형상은 "난 너를 사랑하지 않아."라고 말하는 자가 아니라 이렇게 말하는 자다. "아무리 원하더라도 넌 나를 사랑할 수 없어. 불행히도 넌 나에 대한 사랑을 사랑하는 거지, 나에 대한 사랑은 너를 사랑하지 않아." 그렇기에 내가 "난 너를 사랑해."라는 말을 경험했다고 말하는 것은 옳지 않다. 나는 다만 "난 너를 사랑해."라는 말에 의해 중단되어야 했을지도 모르는, 기다리는 고요함만을 경험했을 뿐이다. 그것만을 경험했을 뿐 그 외에는 아무것도 체험한 것이 아니다.

1922년 2월 14일

나를 지배하는 안락함의 힘, 안락함이 없는 나의 무력함. 나는 이 두 가지가 그토록 중요한 사람을 알지 못한다. 그 결과 내가 짓는 모든 것은 기체 같고 존속하지 않는다. 아침 일찍 나에게 따뜻한 물을 가져다주는 것을 잊은 방 청소부가 내 세계를 뒤엎어 버린다. 옛날부터 안락함이 내 뒤를 따라다니며, 다른 것을 견디는 힘뿐만 아니라 안락함 자체를 만들어 내는 힘을 내게서 앗아 갔다. 그 안락함은 내 주위에서 저절로 만들어진다. 또는 나는 구걸하고, 눈물을 흘리고, 더 중요한 것을 포기하면서 안락함을 얻는다.

1922년 2월 15일

내 아래쪽에서 노랫소리가 조금 들리고, 복도에는 문 닫는 소리가 조금 들린다. 모든 걸 잃은 상태다.

1922년 2월 19일
과연 희망이란 있는가?

1922년 2월 20일
눈에 띄지 않는 삶, 눈에 띄는 실패.

1922년 2월 28일
조용히 쉬면서 탑과 푸른 하늘을 바라본다.

1922년 3월 1일
실신.

1922년 3월 5일
삼 일 동안 침대에 누워 있었다. 침대 앞의 작은 모임. 몸을 홱 돌려 도망친다. 완벽한 패배다. 늘 방안에 갇힌 세계사다.

1922년 3월 5일
새로운 심각함과 피곤함.

1922년 3월 7일

어제는 마치 모든 일이 끝난 것처럼 최악의 밤이었다.

1922년 3월 9일

하지만 그것은 단지 피로감일 뿐이었는데, 오늘은 이마에 진땀이 나게 하는 새로운 공격이었다. 만약 자기 스스로에게 막혀 질식사한다면 어떻게 될까? 만약 사람들이 절박한 자기 성찰로 인해 자신을 세계로 쏟아내는 구멍이 너무 작아지거나 완전히 막혀 버린다면 어떻게 될까? 나 역시 가끔 그런 경우가 된다. 거꾸로 흐르는 강물. 이런 일은 대부분 이미 오래전에 일어났다.

전에는 고통을 겪다가 그것이 사라지면 행복했다. 지금은 마음이 홀가분할 뿐이지만, 씁쓸한 기분이다. "다시 건강해지기만 한다면 더 이상 바랄 게 없겠다."

어딘가에 도움이 기다리고 있고, 마부가 운전기사가 그곳으로 안내한다.

1922년 3월 15일

정복된 나라로 도망치다가 곧 이를 견딜 수 없음을 알게 된다. 어디로도 도망칠 수 없기 때문이다.

1922년 3월 22일

오후. 뺨이 곪는 꿈을 꾸었다. 평범한 삶과 겉보기에 더 실제적인 두려움 사이에서 끊임없이 떨리는 경계선.

1922년 4월 4일

마음속의 곤경에서 가령 어떤 장면으로 가는 길은 마당에 난 길처럼 얼마나 먼가! 그리고 돌아오는 길은 얼마나 짧은가! 이제 고향에 왔으니 더 이상 떠날 수 없다.

1922년 4월 6일

벌써 이틀 전부터 예감한 일이지만, 어제 돌발 사태가 일어났다. 계속된 추적, 적의 커다란 힘. 어머니와 나눈 대화와 미래에 대한 농담이 이를 유발한 요인의 하나다. 계획한 대로 밀레나 예센스카에게 편지를 씀.

1922년 4월 10일

젊은이로서 나는 오늘날 상대성 이론에 대해서처럼 성적인 문제에 너무 순수하고 무관심했다. 다만 아주 하찮은 일이 내 눈에 띄었을 뿐이다. 가령 골목에서 가장 아름다운, 가장 아름답게 옷을 입은 것 같은 바로 그 여자들이 좋지 못한 여자일지도 모른다는 사실이.

영원한 청춘은 불가능하다. 설령 다른 방해물이 없다고

하더라도 말이다. 자기 성찰이 영원한 청춘을 불가능하게 만들 것이다.

1922년 5월 8일

쟁기로 하는 일. 쟁기는 구멍을 깊이 파면서도 수월하게 앞으로 나아간다. 또는 땅에 생채기만 낼 뿐이다. 또는 아무 소용없는 쟁기날을 높이 쳐들고 텅 빈 쟁기로 나아간다. 쟁기날이 있건 없건 아무 상관이 없다.

치료되지 않은 상처가 아물 수 있는 것처럼, 그 일이 마무리된다.

다른 이가 침묵을 지키는데 대화하는 척하기 위해 상대방을 대체하려고 한다면, 즉 모방하고, 패러디하고, 자기 자신을 패러디한다면 그것을 대화라고 할 수 있을까?

M이 이곳을 다녀갔다. 다시는 오지 않을 것이다. 아마 현명하고 진실한 일일 것이다. 그렇지만 또 한 가지 가능성이 있을지도 모른다. 닫힌 문을 우리 둘이 지키고 서서, 문이 열리지 않게 하거나, 또는 오히려 우리가 문을 열지 않을 가능성 말이다. 혼자 힘으로는 문이 열리지 않기 때문이다.

1922년 5월 12일

『베다』에 나오는 구절. 현세에서 스승을 찾아낸 한 남자가 깨달음을 얻는다. "구원을 받을 때까지만 나는 이 세상을 떠도는 것이며, 그런 후에 나는 집으로 갈 것이다."

이러한 구절도 나온다. "그런 사람은 육신을 지닌 한 인간과 신들이 그를 본다. 하지만 죽어서 육신이 썩은 후에는 인간과 신들은 더 이상 그를 보지 못한다. 그리고 만물을 주의 깊게 지켜보는 자연도 그를 더 이상 보지 못한다. 즉 그는 자연의 눈을 멀게 했고, 사악한 자들의 시야에서 사라졌다."

1922년 5월 19일

그는 혼자 있을 때보다 둘이 있을 때 더 외로운 느낌이 든다. 그가 누군가와 함께 있으면 이자가 그를 붙잡으려 하고, 그는 꼼짝없이 그의 손에 내맡겨진다. 하지만 그가 혼자 있으면 사실 전 인류가 그를 붙잡으려 하지만 아무도 그를 붙잡지 못한다. 수많은 팔이 서로 뒤엉키기 때문이다.

1922년 5월 20일

구시가지 거리에 보이는 프리메이슨 회원들. 모든 말과 교리가 진실일 가능성이 있다.

지저분한 한 어린 소녀가 내의 차림에 맨발로 머리카락을 휘날리며 달려가고 있다.

1922년 6월 16일

낡은 반유대주의 방법으로는 유대주의에 맞설 수 없다. 다른 모든 민족에게 유대인은 선택받은 민족이 아니라고 이런 식으로 반박할 수 있다. 반유대주의라는 모든 개별적인 비난에 대해서는 개별적으로 하나씩 정당한 답변을 할 수 있을 것이다. 이러한 인식은 다른 민족이 아닌 유대인이 관련되는 한 매우 심오하고 진실하다.

1922년 9월 26일

두 달 동안 아무것도 적어 넣지 못했다. 이 중단으로 좋은 시간이 되었고, 그에 대해 오틀라에게 감사한다. 며칠 전부터 다시 탈진 상태에 빠진다. 그 첫날에는 숲에서 일종의 발견 같은 것을 했다.

1922년 11월 14일

저녁에는 늘 37.6도 혹은 37.7도를 가리킨다. 책상에 앉아 있지만 아무것도 성취하지 못한다. 골목으로 나가는 일도 거의 없다. 그럼에도 병을 한탄하는 위선을 부린다.

1922년 12월 18일

하루 종일 줄곧 침대에만 누워 있다. 어제는 『이것이냐 저것이냐』[32]를 읽었다.

1923년 6월 12일

끔찍한 지난날들은 그 수효를 헤아릴 수 없으며, 거의 중단되지 않는다. 산책, 밤과 낮, 고통당하는 것 말고는 어느 것도 할 능력이 없다.

그런데 그렇지만. 네가, 내 앞의 그림 엽서에 있는 크리자노브스카야[33]가 아무리 불안하고 긴장된 표정으로 나를 쳐다본들, '그런데 그렇지만'은 없다.

글쓰기에 대한 불안감이 점점 더 커진다. 이해할 수 있는 일이다. 단어마다 유령들의 손에서 방향이 바뀌어 ― 손을 이처럼 홱 돌리는 것이 유령들의 특징적인 움직임이다 ― 말하는 이를 향해 돌아오는 창이 된다. 이 같은 움직임의 관찰은 무척 특별하다. 이런 식으로 끝이 없다. 유일한 위안은 네가 원하든 원하지 않든 그 일이 일어난다는 것뿐이다. 네가 원하는 것은 눈에 띄지 않을 정도로 별 도움이 되지 않을 뿐이다. 위로 이상의 것은 네게도 무기가 있다는 사실이다.

---

32 카프카는 키르케고르의 이 책을 취라우에 있을 때부터 읽기 시작했다.

33 자연요법 요양소 설립자. 카프카는 의사를 불신하고 자연요법을 선호했다.

프란츠 카프카, 고독한 몽상가

카프카의 생애

프란츠 카프카(1883~1924)는 유대인 중산층 가정에서 상인인 헤르만 카프카[1]와 율리 뢰비[2]의 장남으로 1883년 7월

---

[1] 헤르만 카프카(Hermann Kafka, 1852~1931). 도축업자의 아들로 보섹에서 태어났다. 다섯 남매는 어린 시절부터 일을 해야 했다. 군 복무(1872~1875)를 마친 뒤 프라하에 가서 외판원 생활을 하다가 약혼할 무렵 창업 준비를 시작했고, 결혼할 즈음이던 1882년 9월 3일에 재봉용품 및 액세서리를 파는 잡화점을 개업했다. 가게가 점차 확장되어 열다섯 명의 점원을 둘 정도로 성공했다. 박사학위까지 취득한 카프카의 교육적 이력에 자부심을 품었으나 아들이 사업에 무관심하고 재능이 없는 것에 실망했다. 그는 무자비한 전제 군주는 아니었으나 자식들에게 언어적으로나 도덕적으로 압박을 가했고, 그들의 인생 계획을 자신의 생각에 맞추도록 유도했다. 아들의 글쓰기에 대해서는 처음에는 취미 생활로 간주하다가 나중에는 좀 더 수입이 되는 것을 가로막는 무용한 일로 간주했다. 사회적인 사다리를 중시한 그는 부자가 된 사람을 경탄했으며, 자신보다 못한 사람과는 거리를 두었다. 1918년 7월 그는 친척에게 잡화점을 팔아넘겼다. 아들이 사망한 후 막스 브로트를 유고 편집자로 정하고 도라 디아만트에게 출판물 수입의 45퍼센트를 약속하는 계약에 서명했다. 말년에 몸이 쇠약해진 그는 휠체어 생활을 하다가 1931년 6월 6일 프라하에서 사망했다.

3일에 태어났다. 동생인 게오르크와 하인리히는 영아기에 사망했다. 가족 중 그와 제일 가까웠던 사람은 세 여동생 엘리[3] 발리[4] 오틀라[5] 중 막내 오틀라였다. 아버지의 성격을 많이 닮은 오틀라는 프란츠와는 달리 아버지와 끊임없이 언쟁하며 할 말을 하는 당찬 여자였고, 나중에는 자기 마음대로 결단을 내려 가톨릭 신자와 결혼했다. 세 여동생은 1942년과 1943년 강제수용소에서 안타까운 최후를 맞았다.

2   율리 카프카(Julie Kafka, 1856~1934). 원단 가게를 소유하고 양조장을 임차했던 유대인 사업가 집안에 율리 뢰비라는 이름으로 태어났다. 1876년 프라하로 이주하여 1882년 외판원으로 일하던 헤르만 카프카를 알게 되었다. 1882년 9월 결혼과 동시에 율리의 지참금을 기반으로 부부는 잡화점을 개업했다. 율리는 가게에서 남편과 함께 일하며 중요한 결정에도 참여했다. 호통치고 늘 불평하는 남편과는 달리 그녀는 차분하고 실용적이며 친절하고 인기 있는 사람이었다. 카프카는 실질적인 해결책을 찾지 않고 갈등을 억누르려고만 하는 어머니를 질책했다. 이에 대해 그녀는 남편을 보살펴야 한다는 논거를 댔으며, 아들의 글쓰기를 이해하지 못하고 그것에 무관심했다. 남편이 사망한 후 그녀는 알트슈테터링에서 엘리와 오틀라, 남동생 지크프리트가 살고 있던 빌레크 골목으로 이사하여, 그곳에서 1934년 9월 27일 사망했다.

3   엘리 카프카(Elli Kafka, 1889~1942). 헤르만 카프카의 장녀로 사립 여자실업학교를 다녔다. 1910년 무역 대리점을 하는 카를 헤르만(1883~1939)과 결혼하여 세 명의 자식을 두었다. 결혼 이후 오빠와 신뢰 관계를 구축했다. 1941년 10월 21일 딸 하나와 함께 우치의 게토로 추방되었다가 이듬해 헤움노 강제수용소에서 처형되었다.

4   발리 카프카(Valli Kafka, 1890~1942). 헤르만 카프카의 차녀로 사립 여자실업학교를 다녔다. 1913년 회사원 요제프('페파') 폴라크와 결혼하여 두 딸을 두었다. 아버지와 갈등이 가장 적었던 발리는 내성적인 성격에 언어에 재능이 있었다. 1941년 10월 말 남편과 함께 우치의 게토로 추방되어 1942년 봄에 그곳에서 잠시 엘리와 함께 살았다. 1942년 헤움노 강제수용소에서 처형되었다.

5   오틀라 카프카(Ottla Kafka, 1892~1942). 프란츠 카프카의 막내 여동생. 사립 여자실업학교를 마친 후 부모님 가게에서 일했다. 세 자매 중 카프카와 가장 친하게 지낸 카프카의 '최고 여자친구'였다. 시오니즘 운동에 관심을 가진 그녀는 유

카프카는 20세기의 실존적 위기와 존재의 불안을 표현한 실존주의 문학의 대표적인 작가다. 노벨 문학상 수상 작가 엘리아스 카네티는 그를 일컬어 "20세기를 가장 순수하게 표현한 작가"라고 칭송했으며, 릴케는 "카프카의 작품 가운데 나와 무관하거나 나를 놀라게 하지 않는 구절은 없다."라고 표현했다. 토마스 만은 카프카를 몽상가로 칭하면서 "종종 꿈의 성격 속에서 구상되고 형상화된 그의 작품들은 비논리적이고 답답한 이 꿈의 바보짓을 흉내 냄으로써 삶의 기괴한 그림자놀이를 비웃고 있다."라고 말한다. 밀레나 예센스카는 "카프카는 세상을 이례적으로 깊이 있게 파악했으며, 작가 자신이 특별하고 깊이 있는 세상 그 자체였다. 그는 근대 독일 문학에서 가장 의미 있는 책들을 집필했다."라고 썼다. 카프카는 사람들이 자신의 글을 비현실적으로 느끼는 것에 대해 "독자가 눈을 감고 현실의 진짜 모습을 보지 않기 때문"이라고 논박한다.

카프카는 자신이 태어난 도시의 옛 골목길, 궁전, 정원, 교회 등을 사랑했고, 다양한 건축물에 대한 폭넓은 지식을 갖추었으며, 궁전과 교회뿐 아니라 구시가의 통로가 있는 은밀한 집들에 대해서도 정통했다. 카프카는 사십일 년의 짧은 생애

대인 여성 클럽에 가입했고, 팔레스타인 이민을 계획하고 농업 교육을 받는 것을 고려했다. 오틀라는 1917년 4월 중순부터 1918년 가을까지 취라우의 땅을 경작했고, 1918년 4월까지 오빠를 그곳에서 휴양하게 했다. 1918년 11월부터 프리트란트에 있는 농업겨울학교 과정을 마친 후 프라하로 돌아왔다. 1920년 7월 15일 가톨릭 신자인 체코인 요제프 다비트와 결혼하여 두 딸을 두었다. 아버지는 국정과 종교가 달라서 반대했지만, 오틀라는 자신의 뜻을 끝내 관철했다. 1942년 이혼하고 곧이어 테레지엔슈타트로 추방되어 1943년 10월 아우슈비츠로 유대계 폴란드 아동들을 이송할 때 자원봉사자로 따라갔다가 그곳에 도착 직후 살해되었다.

를 살면서 많은 작품을 쓰지는 않았지만, 불안과 절망에 빠진 인간의 근원적인 경험을 묘사하는 데 있어 자신만의 독창적인 세계를 창조해 낸 작가였다. 체코어로 'Kavka'로 표기되는 카프카는 미래의 불길한 예감을 알려 주는 새인 까마귀라는 뜻이다. 아버지 상회의 간판에도 이 새를 엠블렘으로 그려 놓았다. 카프카의 이름을 따서 소위 '카프카에스크(kafkaesk)'라는 용어가 생겨났다. 불안, 소외, 고독, 좌절 등을 의미하는 이 단어는 카프카의 작품 세계에서 유래했다. 이 형용사는 거처할 곳 없음, 실존적 고향 상실, 관료제와 기계 문명, 비인간화, 부조리함, 무시무시함과 기괴함을 대변하는 한 세계를 나타내는 공식 같은 어휘가 되었다. 현대 인간은 끊임없이 증가하는 군중 한가운데서 오히려 시시각각 점점 더 고독을 느낄 뿐이다. 그렇지만 릴케가 말하듯이 예술가적 삶에는 고독, 위대한 내면의 고독이 필요하다. 자신의 내면으로 걸어 들어가 몇 시간이고 아무도 만나지 않는 것, 바로 이러한 상태에 이를 수 있도록 말이다.

카프카가 태어난 프라하는 당시 이중삼중으로 그를 억압하고 있었다. 주민의 90퍼센트 이상이 체코인이었고, 독일어 상용 인구는 3만 4000명이었다. 그중 절반 정도인 독일계 유대인과 체코계 유대인을 합쳐 전체 유대인 수는 약 2만 5000명 정도였다. 도시 중심부에서 사회 상층부를 구성하고 있던 독일인들이 당시 프라하의 자본과 문화 시설을 독점하고 있었다. 1891년 보헤미아 박람회를 계기로 체코인의 민족의식이 점차 싹트자 빈 제국 정부는 이후 삼십여 년간 강력한 탄압 정책을 실시했다. 1893년 충돌이 있은 다음 1897년 '12월 봉기'

가 일어나자 이때부터 유대인 박해가 시작되었다. 긴급조치에 의한 강압 정치는 1907년까지 지속된다. 그 와중에 보통, 평등선거를 쟁취하기 위한 노력이 여러 분야에서 진행된다. 1905년 11월 구시가지에서 벌어진 20만 명의 사회민주당원 시위, 공화정치 실현당의 비국수주의적 저항, 노이만 등을 중심으로 한 무정부주의적 국제 단체의 저항 등이 그것이다. 카프카는 이 세 그룹에 깊은 관심을 보인다. 그러다가 빈 정부가 1913년 보헤미아 의회를 해산하자 저항운동도 점차 사그라든다. 1918년 10월 오스트리아가 전쟁에서 패배하자 체코슬로바키아 공화국이 수립된다.

이처럼 카프카는 서른다섯 살까지는 오스트리아-헝가리 이중제국의 신민이었고, 그 이후 체코슬로바키아 국민이 되었다. 그러나 그는 유대인이었고, 체코 사람이면서도 아버지의 요구로 강대국 언어인 독일어로 교육받았다. 독일어를 쓰는 프라하 주민은 인구의 7.5퍼센트에 불과했으나 이들은 대학교, 공과대학, 콘서트홀, 다섯 개의 고등학교, 네 개의 실업 고등학교 그리고 강력한 언론을 소유하고 있었다. 카프카는 여러 신문과 잡지의 애독자였음에도 언론이 진실에 봉사하지 않는다면서 언론을 비판한다. 독일이 아니라는 지역적 한계로 카프카가 사용하는 독일어 어휘는 풍부하지 못했고, 그가 쓴 문장은 생동감이 넘치지 않았다. 하지만 그의 언어가 딱딱한 것은 정확성과 정밀함을 향한 동경 때문이었다. 그리고 그를 둘러싼 가족과 시대의 억압은 그를 내면 세계로 깊이 빠져들게 했다. 카프카는 프라하의 상층부를 장악하고 있던 독일인에게는 유대인이라는 이유로, 같은 유대인들로부터는 시온주의에 미온적이라는 이유로 배척받았다. 카프카는 억압적인 사회 구조를 혐오했고, 억압 없는 이상 사회를 꿈꿨다. 그는 우리 속에 갇힌 존재였고, 마음속에 울타리를 치고 있었다. 그는 노동 계급의 권익 향상을 위한 성명서를 만들었고, 아나키즘의 원조인 크로포트킨의 저서를 읽었으며, 사회주의 서클에서 활동하기도 했다. 그러나 그는 혁명이 증발하면 남는 것은 새로운 관료주의와 진흙탕뿐이라며 혁명의 결과에 대해서는 비관적이었다. 고통에 시달리는 인류의 족쇄는 관청 용지에서 생긴다는 것이 이유였다.

아버지 헤르만 카프카는 남부 보헤미아의 보섹이라는 작은 마을에서 궁핍하게 태어나 일곱 살 때부터 손수레를 끌고 행상을 하며 이 마을 저 마을 돌아다녀야 했다. 유대인이 거주 이전의 자유를 얻자 그는 프라하로 이주한 후 행상에서 시작해 잡화점 가게를 열어 자수성가했다. 아버지는 자칭 동화된 유대인이었으나 유대인 공동체의 예배와 의례를 마지못해 지킬 뿐이어서 카프카는 언어나 문화 면에서 독일인이었다. 카프카는 초등학교에 입학할 때까지 아버지의 사업이 번창함에 따라 변두리에서 도심으로 다섯 번 주소지를 옮겼다. 그가 태어난 우중충한 유대인 거주 구역은 도시 정화 사업에 의해 화려한 거리로 탈바꿈했다. 그러나 후일 구스타프 야누흐에게 털어놓은 이야기에 의하면, 카프카의 의식은 거지, 깡패, 창녀의 소굴을 떠나지 못하고 있었다. 새로 건설된 시가를 거닐면서도 그의 내면은 옛날의 비참한 골목길을 걷는 심정이었다. 그는 불결한 구 유대인 거주 구역을 위생적인 신시가에 비해 훨씬 현실적으로 느꼈다.

한편 경제적인 성공만을 중시하는 아버지는 단란한 가정

생활, 자녀 교육 등은 뒷전으로 돌리고 사업 성공을 통해 사회적으로 인정받는 것에만 관심을 기울였다. 카프카는 당당한 체격에 언변이 좋으며 우월감이 강한 외향적 성격의 아버지에게서 평생 위압감을 느꼈다. 어머니가 남편의 사업을 돕느라 바빠 카프카는 어려서 혼자 있는 시간이 많았고, 유모, 보모, 가정교사가 어린 카프카를 돌보고 가르쳤다. 카프카는 이 때를 '우울하고 고독한 시절'이라고 회고한다. 반면에 카프카는 어머니 쪽 혈통과 강한 일체감을 느꼈다. 외가 쪽은 영적이고 이지적이며, 경건하고 유대의 율법을 열심히 따르며, 기인들이 많고 섬세한 기질을 지녔다. 어머니는 얌전하고 온화한 성격에다가, 감정이 섬세하고 두뇌가 명석한 지혜로운 여성이었다. 그녀는 완고하고 봉건적이며 화를 잘 내는 남편에게 복종하고 고된 사업을 거들면서, 또한 남편과 마찬가지로 아들이 아무 이익도 없고 건강을 해칠지도 모르는 글쓰기에 몰두하는 것을 이해하지 못했다. 카프카는 자신에게 어머니가 한없이 좋은 분이었지만 "어머니는 알게 모르게 사냥꾼을 따라나선 몰이꾼 역할을 하셨다."라고 밝힌다. 『변신』에서도 그레고르 잠자의 어머니는 적극적인 역할을 하지 못하고 방청객의 입장에 머무른다. 이처럼 카프카는 부모의 몰이해 속에 '몽상적인 내면 생활'을 기록해 갔다. 쇼펜하우어처럼 소음을 싫어하는 그는 내향적이고 선병질적이며 죄의식으로 어두운 그림자가 드리워진 소년이었지만, 실은 건전한 것과 친근했고 자연의 위대성을 찬미했으며, 그의 성향이 작품에서처럼 엽기적이거나 병적인 것에 쏠린 것은 아니었다.

카프카는 삼촌들(필립 카프카, 루트비히 카프카), 그리고 특히 외삼촌들과 좋은 관계를 가졌다. 마드리드 철도회사 총지

배인인 외삼촌 알프레트 뢰비[6]와 시골 의사인 지크프리트 뢰비와 관계가 좋았는데, 특히 지크프리트로부터 많은 영향을 받았다. 카프카는 그의 방대한 장서를 거의 다 읽었으며, 그는 또한 「시골 의사」의 모델이기도 하다. 이처럼 삼촌들과의 관계는 좋았던 반면에 카프카와 아버지의 관계는 비정상적이었다. 여기에서 카프카 문학의 독자성과 특이성이 기원하고 있다. 아이가 태어나서 처음으로 부딪히고 대결하는 대상, 아이에게 위협적인 적으로 맨 먼저 다가오는 존재가 아버지인 것이다. 이러한 부자 갈등은 「선고」, 『변신』, 「화부」등의 작품에서 잘 드러난다.

학창 시절 카프카는 훌쩍 큰 키, 가냘픈 체구의 소년으로, 단정하고 수수하며 현실과 한 발짝 거리를 둔 모범생이었다. 그는 친구들의 이목을 끌지 않았고, 학업 성적도 특출나지는 않았으나 늘 중상위권을 유지했으며, 의무감에 출석은 꼬박꼬박했다. 아버지는 4년제 초등학교를 마친 프란츠에게 상인 기질이 보이지 않자 잘 교육해야 한다는 생각으로 아들을 왕실 부설 독일계 인문 중고등학교에 진학시킨다. 그 학교는 고전어 위주의 8년제 중고등학교로, 3학년부터는 수업의 절반이 고전어 교육이었다. 그는 독일계 초등학교에서도, 학구적인 엘리트를 양성하는 규율이 엄격한 독일계 김나지움에서도 모범생이었다. 그러나 카프카는 체코어에 관심이 많았고, 체코 문학에 대해서도 조예가 깊었다. 교사들은 그를 높이 평가

---

6 독신남으로 프라하를 자주 방문해 카프카가 직업상의 문제에 부딪힐 때 조언해
   주었고, 이탈리아계 일반보험회사의 일자리를 추천해 주었다.

하고 좋아했다. 그렇지만 그의 내면에서는 이 권위주의적인 제도와 기계적인 암기식 학습, 고전어들을 강조하면서 인문 과학을 비인간화시키는 교과 과정에 반기를 들고 있었다. 카 프카는 김나지움에서 평생을 두고 사귄 몇 명의 중요한 친구 들을 만나게 된다. 카프카에게 사회주의적 지식을 전수해 준 루돌프 일로비, 시온주의자 후고 베르크만, 훗날 노동자재해 보험공사에 카프카를 추천해 준 프라하 보험공사 지사장의 아들 에발트 프리브람,[7] 그리고 오스카 폴라크가 그들이었 다. 특히 매우 조숙한 오스카 폴라크는 카프카의 예술과 철학 에 커다란 영향을 주었고, 외부 세계와 단절하며 살았던 카프 카와 세상 사이의 교량 역할을 해 주었다.

카프카는 프라하의 카를 페르디난트 대학교에 입학하 여 처음에 화학, 법학, 예술사 강의를 듣다가 1902년 여름 학 기에 독일 문학과 예술사 강의를 듣는다. 독문학자 아우구스 트 자우어 교수의 국수주의적 입장에 거부감을 느끼고 뮌헨 대학교에서 독문학을 전공할 계획을 세우기도 한다. 그러나 1902년 겨울 학기에 카프카는 법학을 전공하기로 결정짓는 다. 부모와 가족의 기대를 저버릴 수 없었던 데다가, 다른 한 편으로 글 쓰는 일에 지장이 없다면 직업은 무엇이든 상관없 다고 생각해서였다. 그는 김나지움 시절부터 문학에 마음을 두고 글을 썼지만 이때 쓴 작품들은 그의 일기와 함께 사라졌 는데, 아마 스스로 없애 버린 것으로 추정된다. 현재 보존된

---

7   에발트 펠릭스 프리브람(Ewald Felix Přibram, 1883~1940). 김나지움 이래 카 프카의 친구. 그의 아버지 오토 프리브람은 노동자재해보험공사 프라하 지사장 이었고, 그의 도움으로 카프카가 유대인으로는 거의 불가능한 보험공사에 입사 해 그에게 고마워했다고 한다.

첫 작품은 대학 시절(1904/5)에 쓴 『어느 투쟁의 기록』이다. 글을 왜 써야 하는지에 대한 자각은 이미 이 무렵에 시작된 것으로 보인다. 오스카 폴라크에게 쓴 1904년 1월 27일 자의 편지가 그러한 사실을 잘 보여 준다.

우리가 읽는 책이 주먹으로 쳐서 우리 정수리를 일깨우지 않는다면 무엇 때문에 책을 읽는단 말인가 (……) 우리를 너무나 고통스럽게 하는 불행과도 같이, 우리가 우리 자신보다 더 좋아한 사람의 죽음과도 같이, 자살과도 같이 작용하는 그런 책들 말이야. 책은 내면의 얼어붙은 바다를 깨는 도끼여야 하네.

아버지의 형상은 카프카의 존재뿐만 아니라 작품에도 어두운 그림자를 던졌으며, 사실 그의 작품 세계에서 가장 인상적인 인물 유형으로 등장하고 있다. 카프카는 아버지 앞에만 서면 자신감을 잃고 한없는 죄의식을 느낀다. 물질적인 성공과 사회적인 출세 외에는 숭배할 것이 없는, 이 거칠고 현실적이며 오만한 가게 주인이자 가부장인 아버지는 카프카의 상상 속에서 거인족의 일원으로, 감탄스럽기는 하지만 무시무시하고 혐오스러운 폭군으로 등장한다. 1919년에 쓴 「아버지에게 드리는 편지」로 아버지에 대한 그의 오이디푸스 콤플렉스를 엿볼 수 있는데, 실제로 이 편지를 아버지에게 부치지는 않았다. 이 편지에서 카프카는 그의 내면에 자신이 무능하다는 생각을 주입한 위압적인 아버지 덕분에, 결혼하여 아버지가 되는 평범한 삶에 실패하여 문학으로 도피했다고 고백한다. 그는 아버지가 자신의 삶의 의지를 꺾어 버렸다고 느꼈으며, 이런 아버지와의 갈등을 직접 반영한 작품이 「선고」이다.

간결한 산문으로 쓰인 카프카의 소설들은 압도적인 힘과의 절망적인 투쟁을 그리고 있다. 카프카가 볼 때 인간에게는 모든 것이 싸움이고 투쟁이다. 괴테가 말하듯이 매일 사랑과 삶을 정복하는 사람만이 사랑과 삶을 누릴 자격이 있다는 것이다. 미지의 힘은 『소송』에서처럼 희생자를 짓궂게 괴롭히며 심문하기도 하고, 『성』에서처럼 자신의 존재를 인정받으려고 갈망하는 주인공의 노력을 허사로 만든다.

당시 프라하에는 독일어 프라하 대학교와 체코어 프라하 대학교에 4200명의 대학생이 재학하고 있었는데, 그중 1500명이 독일어 대학교에 다녔다. 그가 법학을 전공하게 된 것은 아버지의 소망에 따라 자의 반 타의 반으로 공부했을 뿐이고, 법관이나 변호사가 될 생각은 추호도 없었다. 대학 시절 카프카는 헤세, 플로베르의 작품에 감격하고, 토마스 만의 『토니오 크뢰거』에 매혹되어 문예지 《노이에 룬트샤우》에 실리는 토마스 만의 작품을 관심 있게 읽었다. 또한 카프카는 에커만의 『괴테와의 대화』, 쇼펜하우어, 니체, 디킨스, 오스카 와일드, 하이네, 기욤 아폴리네르, 폰타네, 크누트 함순, 슈티프터의 작품을 즐겨 읽었고, 나중에는 발자크에게 찬탄하고, 만년에는 키르케고르의 작품을 애독했다. 그는 그릴파르처, 도스토옙스키, 클라이스트, 플로베르를 자신과 피를 나눈 혈족으로 느꼈다. 이들은 도스토옙스키를 제외하면 모두 독신이었다. 카프카는 내적, 외적 고난에 시달리다가 베를린의 반제에서 권총 자살로 삶을 마감한 클라이스트에게 특히 공명했다. 카프카의 견해로는 시인과 작가는 기본적으로 불온한 존재로 국가를 위협하는 요소다. 이들은 변혁을 원하기 때문이다. 반면 국가와 국가의 모든 충복은 현 상태가 그대로 유지되기를 바랄 뿐이다. 그는 시인에게 고립된 인간을 영원한 삶으로, 우연한 것을 합법칙적인 것으로 인도할 의무를 지우고, 예언자의 사명을 부여한다.

이처럼 사회적으로 고립되고 삶의 토대를 잃어버리는 바람에 카프카는 일평생 개인적으로 불행하게 지냈다. 그는 프라하 동료들과 비교할 때 성공하지도 알려지지도 않은, 좁은 범위의 몇몇 친구들만이 인정해 주는 외로운 글쟁이였다. 클라이스트처럼 그는 당시 제대로 문학적 평가를 받지 못했고, 시대의 조류에 적응하려 하지 않았다. 그렇지만 프라하의 일부 독일계 유대 지식인이나 문학자들과 친하게 지냈다. 당시 그의 출발점은 '예술가는 참되고 심오하며, 자연과 친근할지어다.'였다.

카프카는 1902년 10월에 막스 브로트를 처음 알게 된다. 프라하의 대학생 독서 클럽의 한 강연 모임에서였다. 카프카는 브로트의 강연 「쇼펜하우어 철학의 운명과 미래」에서 그를 알게 되었다. 브로트는 이때 쇼펜하우어에 이어 니체 강연을 하면서 그를 '사기꾼', '몽상가'로 매도했다. 니체에게 빠져 있던 카프카는 이에 강력하게 이의를 제기하며 니체에 대한 찬반 토론으로 그들의 관계가 급속도로 발전된다. 후일 카프카는 구스타프 야누흐에게 쇼펜하우어는 '언어의 예술가'라며 "언어 때문에라도 무조건 그의 글을 읽어야 한다."라고 말하며, 그의 에세이 『소품과 부록』에 실린 「저술과 문체에 대하여」 장을 읽어 볼 것을 권한다. 이후 브로트는 카프카를 보살피고 염려해 주는 평생의 절친이 되었다. 그들은 이십 년 이상 정기적으로 만나고 수많은 편지를 주고받으면서 마치 연인처럼 깊고 뜨거운 우정을 나누었다. 둘의 우정은 카프카가 폐결핵으로 오랫동안 투병하다가 죽음을 맞을 때까지 계속되었다. 카프카는 늘 자기 작품에 대하여 브로트와 상의했고, 브로트는 카프카가 낭독한 작품을 처음으로 경청해 준 유일한 친구였다. 카프카보다 한 살 어린 브로트는 당시 프라하 문화계에서 이미 이름난 비평가이자 작가였다.

막스 브로트는 문학과 예술에 대한 뜨거운 사랑과 출중한 안목을 가지고 있었다. 카프카의 작품들 가운데 그의 생전에 나온 작품 상당 부분은 브로트가 요청하거나 종용해서 발표되었다. 일찍부터 그는 카프카를 '현대의 가장 중요한 작가의 한 사람'으로 평가했다. 그래서 기회 있을 때마다 잡지나 신문의 비평, 강연 등을 통해 친구의 작품을 세상에 알리려고 노력했다. 브로트 자신은 1906년부터 1915년까지 베를린 문학권에서 신즉물주의와 표현주의의 선구자로서 새로운 양식을 주도하고 베를린 문단을 활성화한 작가로 인정받는다. 자신의 초기 시, 수필, 소설 등을 잡지 《악티온》을 통해 발표했을 뿐 아니라 오스카 바움, 오토 피크, 프란츠 카프카, 프란츠 베르펠과 같은 프라하 작가를 베를린 문단에 소개해 주었다. 결국 막스 브로트는 카프카의 글을 장려하고 구제하고 해석했을 뿐만 아니라 가장 영향력 있는 그의 전기 작가로 부상했다. 브로트는 카프카의 영원한 친구이자 조력자였으며 그의 유고 관리자이기도 했다. 카프카의 원고들은 여러 사람에게 분산되어 있었고, 부분적으로는 원고의 소유권도 불확실한 상태였다. 브로트는 이 원고들을 수집하는 일과 소유권 문제에 개입하기를 망설였지만, 그것의 뛰어난 작품성을 인정하고 문학적 가치를 세상에 알리기 위해 출판하기로 결정한다. 그러나 도라 디아만트가 가지고 있던 원고를 얻는 데는 여러 해가 걸렸다. 그녀는 카프카가 자신의 작품에 대해 얼마나 세심하고 양심적인 애착과 비판적 자세를 지니고 있었는지 잘 알고 있었으므로 브로트의 계획에 쉽사리 응할 수 없었다. 오히려 그녀는 카프카의 유언에 응해 원고를 불태우기도 했다.

카프카는 청년 시절 자신을 사회주의자 내지는 무신론자라고 선언하고 기성 사회에 대해 명백한 적대감을 표했다. 성인이 되자 제한적이긴 하지만 줄곧 사회주의자들에 대한 공감을 표시했고, 1차 세계 대전 전에는 체코 무정부주의자 회합에 참석했으며, 말년에는 사회주의화한 시온주의에 뚜렷한 관심과 공감을 보였다. 그러나 본질적으로는 수동적이었고 정치적으로는 방관적인 자세를 고수했다. 유대인이기에 프라하의 독일인 사회에서 고립되어 있었고, 현대 지식인이기에 유대의 유산으로부터도 소외되어 있었다. 그는 체코의 정치적, 문화적 열망에 공감했으나 독일 문화에 동화되어 있었기 때문에 그러한 공감은 억눌린 채 드러나지 않았다.

1906년 6월 18일 카프카는 법학박사 학위를 받는다. 당시에는 학위 논문을 쓰지 않고 법률학 세 과목의 필기 시험을 치르고 세 번의 엄격한 구두 시험을 거치는 과정이었다. 그중 오스트리아 헌법, 국제법, 정치경제학 과목의 두 번째 시험을 1906년 3월에 통과한다. 그는 다섯 표 중 세 표에 가(可)를 받아 간신히 통과되었다. 카프카의 박사학위 지도교수이자 국민경제학 담당 교수인 알프레트 베버도 심사위원으로 참가했다. 마지막 구두 시험을 거쳐 마침내 카프카는 박사가 된다.

베버의 강의를 먼저 듣고 그를 높이 평가한 막스 브로트가 카프카에게 사회학자 막스 베버의 동생인 알프레트 베버를 지도교수로 추천했다고 한다. 카프카는 베버의 관료와 관료제에 대한 사회학적인 문제의식에 공감했다.

그 후 카프카는 민형사 법원에서 일 년간 법률가 수습을 마쳤으나 법관이나 변호사가 되는 것을 포기하고 1907년 일반 보험회사에 입사한다. 이곳에서의 근무는 매우 고되어 글을 쓸 시간을 낼 수 없었으며, 회사 일에서 아무런 보람을 찾지 못해 이 일을 '밥벌이 수단'이라 지칭할 정도였다. 카프카는 이 회사를 아홉 달 만에 그만두고 다른 일자리를 찾던 중 '노동자 보험 연수과정'을 마치고 고등학교 친구 프리브람 아버지의 추천으로 1908년 프라하의 보헤미아 왕립 노동자재해보험공사에 취직한다. 카프카는 입사하고 곧 능력을 인정받는다. 직원들은 그를 항상 이해하지는 못했으나 좋아했으며, 별난 성인(聖人)으로 여겼다. 그는 처음에 임시직으로 채용되었다가, 1910년에는 공무원 신분의 법률 고문으로 임명되는 등 직장 생활은 평탄했으나, '이 기구는 음침한 관료들의 소굴'이라며 관료 세계에 회의를 품었고, 문학을 유일한 탈출구로 여겼다. 그는 겉으로 보이는 모습과 달리 우울증과 절망감에 빠져 지냈으며, 글쓰기만을 유일한 욕구이자 기쁨의 원천으로 삼았다.

카프카에게는 진실이 없는 참된 삶은 존재하지 않는다. 그는 1910년 10월과 1911년 9월 브로트와 파리 여행을 하며 지하철을 처음 접하고 놀라워했다. 카프카는 문학에 관심이 많았던 마르쉬너 사장으로부터 높은 평가를 받았고, 지원도

받았다. 그 후 1913년에는 보험공사 부서기관으로, 1920년에는 서기관으로 승진했다. 그 후 폐결핵으로 중간에 병가를 얻어야 했던 1917년까지 그곳에 머물다가 마침내 사망하기 이년 전 수석서기관의 직위로 퇴직한다. 이곳에서 카프카가 주로 맡았던 임무는 기업의 이의제기에 대한 반박문을 작성하고 노동자재해보험공사의 일을 홍보하는 선전문을 만들거나, 법률가로 법정에 출두하여 보험공사를 변호하고, 라이헨베르크의 북부 공업 지대의 공장들에 대한 감독 출장을 가는 일이었다. 그는 그곳의 개별 기업들이 지불해야 하는 보험금을 산정하는 일을 맡았다. 카프카가 이곳 보험공사에서 그토록 오랫동안 근무한 까닭은 노동자의 권익을 보호하는 일을 한다는 보람이 있었고, 오후 2시에 퇴근해서 근무 조건이 좋았기 때문이다.

당시 유대인으로서는 어렵게 들어간 이 직장에서 그는 일에 열성적으로 매달렸고, 작품에서 풍기는 어두운 이미지와는 달리 성실하고 지적이며 유머 있는 사람이었으며, 사장도 그의 능력을 인정했다. 직장 동료들은 카프카를 애칭으로 암츠킨트[8]라고 부르며 좋아했다. 그에게는 도무지 적이라곤 없었고, 사람들은 그에게 조언을 구하며 도움을 구했다. 카프카는 글을 쓸 시간을 내기 위해 엄격하게 절제하는 생활을 했다. 오전 8시부터 오후 2시까지 회사의 일을 마치고 귀가해서 3시부터 7시 반까지 잠을 잤다. 그러고는 친구들과 혹은 혼자서 한 시간의 산책을 하고 가족들과 저녁 식사를 했다. 그런 다음 밤 11시경에 글을 쓰기 시작해서 새벽 2시나 3시 혹은 좀 더 늦게

---

8   Amtskind. 관직의 아이를 말한다.

까지 글을 썼다.

　이 무렵 유럽에서는 소규모 수공업자가 기업주로 입신하여 풍족한 생활을 누리게 되었다. 유럽의 노동 환경은 무척 열악했다. 카프카는 만년까지 불완전한 기계에 부상을 입거나 손가락이 잘린 노동자의 케이스들을 조사해야 했다. 그러면서 점차 보험기구에 대한 회의감이 싹텄다. 카프카는 산재를 당한 노동자들에 대해 보로트에게 이런 말을 털어놓는다. "이들은 얼마나 겸손한지 몰라. 이들은 우리한테 부탁하러 온다네. 회사로 쳐들어와 깨부수는 대신 부탁하러 온단 말일세." 기업주는 노동 조건이나 노동 환경의 개선에는 별다른 노력을 기울이지 않았다. 카프카는 공무 출장을 통해 자본주의 세계의 내면을 속속들이 꿰뚫어 볼 수 있었다. 그가 김나지움 시절부터 간직해 온 정치적, 사회적 관심이 이 무렵 특히 강렬해졌다. 그래서 체코 정치가들의 시위 운동에도 참가하고, 사회 혁명가의 집회 '믈라디치 클럽'에도 참가했다. 또한 진보적 정치가들의 연설, 특히 프란티셰크 소우쿱 박사의 견해에 동조하는 입장을 취했다. 카프카는 1912년 6월 1일 체코의 사회 민주당 정치가 소우쿱 박사의 강연에 참가하여 많은 영향을 받은 것으로 보인다. '미국과 관료 제도'라는 논제로 슬라이드를 곁들인 비판적인 강연이었으며, 그의 강연은『실종자』에서 거인의 등에 목마 탄 판사 후보자의 유세 장면에 영향을 끼쳤다. 카프카는 출장을 통해 관료 기구의 무자비성, 노동자에 대한 가혹한 대우, 이들의 비참한 생활을 직접 체험했다. 이러한 체험을 바탕으로 그는『성』에서 관료 조직의 실체를,『소송』에서 재판 조직의 정체를 신랄하게 풍자하고 있다. 시위 운동이나 사회혁명가 집회에 참가하기도 했다. 전기 작가 클라우스 바겐바흐는 카프카를 서민 대중 편에 선 당시의 유일한 작가라고 지적한다.

카프카에게 1912년은 결정적인 전환점이 된 해였다. 대학 졸업 후 오 년간 직장 생활을 한 그는 작가로서의 삶을 의식하게 된다. 그 이 년 전인 1910년부터는 일기를 쓰기 시작한다. 1912년 초에 '실종자 소설'의 방대한 원고가 집필되지만 이후 폐기해 버린다. 1912년 8월 13일 카프카는 브로트의 집에서 펠리체 바우어를 처음 만나 교제하며 그녀를 사랑하게 되었다. 녹음기 회사의 속기사인 펠리체는 명랑하고 현실적인 성격으로 직장에서 성공을 거둔 여성이었다. 이 때문에 카프카는 펠리체와 가정을 꾸린다면 혼자만의 시간을 잃는 것은 물론 세속 생활에 물들어 문학 생활에 위협이 되지 않을까 우려했다.

그런데 그녀와의 만남과 그녀에게 보내는 수많은 편지가 삶(결혼)과 글쓰기의 갈림길에 선 카프카의 창작을 부추기는 결과를 낳았다. 그는 처음 석 달 동안 무려 100여 통의 편지를 쓴다. 같은 해 9월 22일 밤부터 23일 새벽에 걸쳐 「선고」를 완성했다. 그해 10월에는 『실종자』의 1장에 해당하는 「화부」를 브로트 앞에서 낭독했다. 11월에는 『실종자』 2장과 『변신』이 쓰였다. 1913년 8월에 펠리체 바우어에게 구혼하고, 1914년 초여름 베를린에서 정식으로 그녀와 약혼했으나 7월에 파혼하고 말았다. 그는 이 무렵 펠리체 바우어의 아버지에게 보낼 편지의 초안을 기록한 일기에서 자신의 본성이 '폐쇄적이고 말이 없으며 사교성이 없는 불평객'이라고 말하고 있다. 그는 직장이 자신을 변화시킬 수 없듯이 결혼 역시 자신을 변화시킬 수 없을 것이라고 말한다. 카프카는 분명한 태도를 요구당한 이때의 심정을 "눈에 보이지 않는 쇠사슬에 매인 기분이었다."라고 후일 술회한다. 결혼은 그에게 딜레마이고, 구원인 동시에 소름 끼치도록 무섭고 불가능한 일이었기 때문이다. 그의 사랑은 카네티의 지적대로 '또 다른 소송'으로, 주저와 연기의 과정이며, 정당화를 위한 소송 심리(審理)다.

이 무렵 『소송』을 거의 다 쓰고, 『실종자』를 집필하는 중에 두통과 불면증에 시달리면서 성서, 스트린드베리, 도스토옙스키, 크로포트킨, 키르케고르의 작품을 탐독한다. 펠리체 바우어와 파혼한 후 1913년 11월 초 카프카는 성적 매력이 넘치는 그녀의 친구 그레테 블로흐와 사귀어 다음 해 아들을 낳았고, 그 아이는 1921년 일곱 살 때 사망했다고 한다. 그런데 연구자들의 견해에 의하면 이것은 신빙성이 떨어지는 주장이다. 블로흐는 후일 피렌체에서 여관을 운영하던 중 나치에게 체포되어 처형되었다고 전해진다.

카프카가 동부 유대인의 종교와 문화를 접하게 된 시점도 이 무렵이다. 카프카는 1911년 말에서 1912년 초에 걸쳐 폴란드에서 온 '유대인 배우 그룹'의 공연을 20회 이상 방문했다. 카프카는 이를 통해 서구화된 서구 유대인이 아닌 동부 유대인에게서 유대인으로서의 동질성을 발견하며, 경제적 어려움을 겪는 그들을 안타까워한다. 이때부터 히브리어를 조금씩 배우기 시작하며, 팔레스타인으로의 이주에도 관심을 갖는다. 이러한 동방 유대인의 종교와 문화는 그의 작품에 보이지 않는 큰 영향을 미친다. 1912년 여름 카프카는 바이마르를 일주일간 방문하여 독일 고전주의 작가 괴테와 실러의 흔적을 찾는 데 심혈을 기울인다. 문학사적 관심뿐 아니라 작가로서의 일체성 찾기도 그에게는 무척 중요한 일이었다. 바이마르에서는 괴테 박물관 관장의 딸인 열여섯 살의 마르가레테 키르히너와 잠시 사랑의 열정에 빠지기도 한다. 브로트의 여행 일기에도 "카프카가 관리인의 예쁜 딸을 꾀어 내는 데 성공했다."라고 기록되어 있으며, 두 사람이 찍은 사진도 남아 있다. 바이마르로 가는 도중인 6월 29일에 카프카는 브로트와 함께 라이프치히에 들른다. 출판사와 단행본 출판에 대한 담판을 지어 그해 12월에 열여덟 편의 소품을 모은 『관찰』이 로볼트 출판사에 의해 출간된다.

카프카는 1차 세계 대전이 발발한 후 군에 입대하고자 여러 차례 시도하지만 신체 쇠약으로 뜻을 이루지 못한다. 1915년 1월 카프카는 펠리체와 다시 만나게 되지만 두 사람의 관계는 별다른 진전이 없었다. 그러다가 1916년 7월 마리엔바트에서 펠리체와 열흘간 휴가를 보내면서 전쟁이 끝난 다음 결혼하기로 약속한다. 1917년 7월 초 펠리체가 프라하에 와서 두 번째 약혼이 이루어진다. 이번에는 결혼해서 아예 직장을 그만두고 작가로서 살아갈 결심을 한다. 7월 중순에 카프카는 펠리체와 그녀의 여동생 에르나와 함께 부다페스트로 여행을 떠났다가 돌아와서 8월 9일에 각혈을 하게 된다. 그러나 정신적인 이유로 인한 각혈이라며 의사의 진찰을 거부하다 결국 이에 응해 결핵 요양소에 들어가라는 권고를 받았다. 그러나 이를 받아들이지 않고 여동생 오틀라가 시숙의 농장을 경영하는 취라우로 요양을 갔다. 그곳에서 보낸 8개월의 병가는 카프카에게 펠리체, 직장, 프라하, 아버지 등과의 관계를 끊으려는 하나의 시도였다. 각혈은 카프카의 내면이 분열되었음을 나타내는 징후로, 병이 난 것을 계기로 그는 또다시 자신의 정신적 분열과 주저를 정당화할 수 있었다. 『성』에 나오는 마을의 상황과 농민들의 모습은 이 취라우의 풍토와 지리적 환경이 소재가 되고 있다. 이러한 전지 요양의 결과 카프카의 병세는 회복되었지만, 그해 성탄절 무렵 다시 파혼하고 말았다. 결혼은 그의 유일한 욕구이자 천직인 문학과 모순되었고, 문학이 아닌 것은 모두 지루하고 싫었기 때문이다.

펠리체와의 결혼을 잘 선택한 것으로 생각했던 아버지는 이 파혼에 반대했다. 그 후 1919년 어떤 사업가와 결혼한 바우어는 1931년 남편과 함께 스위스로 가 살다가, 1933년 나치가 정권을 잡자 1936년 미국으로 이주해 1960년에 사망했다. 카프카는 1918년 여름까지 취라우에 머물다가 프라하에 돌아와서 「시골 의사」의 원고를 정리해, 이듬해 「유형지에서」와 함께 책으로 출판했다.

1918년 10월 9일 프라하의 귀향 군인 사회복지센터는 전쟁 중 보험 기술, 요양 치료와 요양원 설립, 군정신병원 업무와 관련된 전쟁 공로로 부서기관 카프카에 대한 포상을 신청한다. 프라하 경찰청으로부터 10월 20일 '국민으로서나 윤리적인 측면에서 아무런 하자도 없다.'라는 답변을 받아 심사 결과 훈장을 받게 되었지만, 그것은 없던 일이 되고 말았다. 그로부터 삼 주 후 오스트리아가 전쟁에서 패함으로써 나라가 없어졌기 때문이다. 그런 다음 카프카는 1918년 11월 다시 4개월의 병가를 얻어 프라하의 북쪽 엘베 강가 쉘레젠의

슈트들 여관에 머문다. 그곳에서 체코 소녀 율리 보리체크[9]를 알게 되어, 1919년 6월 약혼하기에 이른다. 이런 이유로 카프카는 1919년 9월 「아버지에게 드리는 편지」를 써서 아버지에 대한 자신의 독립적인 입장을 주장하려고 했다. 하지만 그녀가 방종하다는 소문에다 아버지 직업이 유대 예배당 관리인이라는 이유로 카프카의 아버지가 결혼에 강력히 반대하는 바람에 세 번째 약혼도 취소되고 말았다. 카프카와 헤어진 지일 년 반 후에 율리는 은행 부장과 결혼하여 부카레스트와 프라하에서 살았는데, 그 후 독일 점령군에게 체포되어 아우슈비츠에서 1944년 살해되었다.

1920년에 다시 몸이 나빠진 카프카는 직장에서 휴가를 얻어 4월 티롤 지방의 메란이라는 곳으로 전지 요양을 갔는데, 그의 작품을 체코어로 번역해 준 것이 계기가 되어 밀레나 예센스카[10]를 알게 되었다. 그는 은행원을 남편으로 둔 유

---

9   율리 보리체크((Julie Wohryzek, 1891~1944). 프라하 상인 가문 출신으로 부친은 도축업을 하다가 유대교 예배당 관리인이 되었다. 시온주의자인 첫 약혼자는 전사했고, 1919년 예정이던 카프카와의 결혼은 율리가 방종하다는 소문 때문에 카프카 부친의 반대가 심해 좌절되었다고 한다. 1920년 카프카가 밀레나 예젠스카와 친하게 되면서 둘의 관계가 끊어졌다. 1921년 결혼한 율리는 남편이 유대인이 아니었으나 나치가 프라하가 점령했을 때 아우슈비츠로 이송되었다.

10   독일군이 체코슬로바키아를 점령한 후 밀레나 예센스카는 지하 저항운동에 참여하여 많은 유대인 및 정치적 난민들의 이주를 도왔다. 그러나 체코에 남아 있다가 1939년 11월 게슈타포에 체포되어 처음에는 프라하의 판크라츠에, 나중에는 드레스덴에 수감되었다. 1940년 10월, 그녀는 독일의 라벤스브뤼크에 있는 강제 수용소로 추방되었다. 이곳에서 그녀는 다른 수감자들에게 정신적 지원을 제공하고 전후 첫 번째 전기를 쓴 마르가레테 부버노이만과 친구가 되었다. 다른 수감자들과 마찬가지로 예센스카도 수용소에서 식별 번호가 새겨진 문신

부녀이자 슬라브계 체코 명문가 출신인 그녀를 이 년간 열렬히 사랑하여 프러포즈까지 했지만 거절당하고 말았다. 카프카가 그녀를 그리스의 헬레나처럼 이상화한 데 반해, 그녀는 현실적이고 객관적이며 이성적으로 그를 바라보았다. 그녀는 1939년 나치 군대가 프라하로 진주했을 때, 고의로 유대인의 표지를 가슴에 달고 다니다가 강제 수용소에 끌려가 해방되기 직전 병사하고 말았다.

한편 1920년 3월 말 카프카는 『카프카와의 대화』로 유명한 열일곱 살의 구스타프 야누흐를 알게 되었다. 야누흐의 아버지는 아들에게 카프카를 세계적으로 유명한 작가가 될 분이라고 소개했다. 카프카와 야누흐의 관계는 괴테와 에커만의 그것과 비교되어 이 대화집은 카프카의 문학과 사상을 이해하는 데 귀중한 자료가 되고 있다. 야누흐에게 조언하고 방향을 제시하는 가장 위대한 인물이었던 카프카는 진실한 삶을 얻기 위해 투쟁하는 진정한 인간이었다. 야누흐는 카프카와 수많은 대화를 나누면서 인간 실존을 위한 그의 조용한 격전을 예리하게 주시한다. 후일 그는 카프카의 목소리와 미소 그리고 손을 회상하며 아버지가 한 말을 떠올린다. "그건 불안한 섬세함과 관련 있는 힘인데, 그는 사소한 모든 것을 중요하게 여기지." 카프카는 신경증 증세와 우울증에 시달리다가 1922년 7월 1일 결국 보험공사를 그만두고 연금으로 요양 생활을 계속했다.

을 새겼는데, 그녀의 경우 그 번호는 '4714'였다. 그녀는 당시 독일에서 가장 유명한 브랜드 중 하나였던 오 드 쾰른 브랜드에 대한 언급으로 다른 수감자들로부터 '4711'(Siebenundvierzig-elf)이라는 별명을 얻었다. 밀레나 예센스카는 1944년 5월 17일 라벤스브뤼크에서 신부전으로 사망했다.

1923년 여름, 카프카는 여동생 엘리와 함께 발트해 연안의 뮈리츠에 머무르다가 유대계 폴란드 여성인 도라 디아만트를 알게 되어 죽을 때까지 그녀의 간호를 받으며 살았다. 연극적 소질이 다분한 그녀의 재능을 인정하고 지도해 준 덕분에 두 사람의 사이는 급속도로 가까워졌다. 그녀는 카프카를 서구적 정신과 유대적 마음을 가진 자로 보고, 자기보다 두 배나 나이가 많은 그를 흠모했으며, 열과 성의를 다해 그를 돌보았다. 나치가 진주한 후에도 기적적으로 살아남은 그녀는 1949년 카프카의 출판물에서 나오는 인세로 여비를 마련하여 팔레스타인으로 이주했고, 그 후 영국 런던에서 살다가 1952년 사망했다고 한다. 카프카는 그녀와 함께 1923년 7월 프라하를 떠나 베를린 교외인 슈테크리츠에서 살았다. 몸은 극도로 쇠약하고 건강이 말이 아니었지만, 이때 비로소 일찍이 맛보지 못한 삶의 행복을 맛보았다. 창작 활동도 부분적으로 계속하여 이때 「소굴」, 「여가수 요제피네, 또는 쥐들의 종족」이 나왔다.

　　그러나 1924년 3월 초 병세가 극도로 나빠져 카프카는 베를린에서 다시 프라하로 돌아갔다. 그러나 집에도 있을 수 없어 빈의 요양원을 거쳐 클로스터노이부르크 부근의 키어링 요양원으로 옮겨졌다. 후두결핵으로 제대로 말도 할 수 없는 상황이었다. 치료 가능성은 거의 없었다. 이때 쓴 마지막 작품 「여가수 요제피네」의 주인공 요제피네는 그 자신의 모습을 투영한 것으로 보인다. 카프카는 찍찍거리는 소리를 내는 요제피네처럼 말은 해도 남에게 알아듣게 하지 못해 할 수 없이 메모지에 글을 써서 의사소통을 한다.

어쩌면 우리는 그녀 없이는 결코 살아갈 수 없을지도 모른다. 하지만 그녀의 견해에 의하면 그녀는 선택된 자들만 겪는 지상의 고난에서 구원되어, 우리 종족의 무수한 영웅들 무리 속으로 즐겁게 사라질 것이다. 그런데 우리는 허세를 부리는 사람이 아니므로, 얼마 안 가 그녀는 더욱 높은 단계로 구원받아 그녀의 모든 형제와 마찬가지로 잊힐 것이다.

그동안 카프카는 건강 회복을 위해 빈 교외 뷔너발트 요양소, 빈 대학 부속 병원, 키어링의 요양소로 옮겨 다녔다. 도라 디아만트와 클롭슈토크가 그의 곁을 지켰고, 브로트는 여러 차례 그를 방문했다. 카프카는 도라 디아만트의 헌신적인 사랑과 보살핌으로 삶에 애착을 보이면서 막판에는 의사의 지시에도 잘 따랐다. 카프카는 죽음의 공포는 충족되지 않는 삶의 결과에 지나지 않고, 삶을 완전히 이해하는 사람은 죽음을 두려워하지 않는다며 죽음의 공포를 자기 나름 이기려고 했다. 마지막 순간이 다가왔을 때 의사는 자신이 환자를 홀로 내버려 두려 한다는 의심을 받지 않도록 문을 열면서 "저는 이곳을 떠나지 않을 겁니다."라고 말했다. 그러자 카프카는 "하지만 제가 이곳을 떠날 겁니다."라고 슬픔을 유머로 승화시키는 대답을 하며, 1924년 6월 3일 마흔한 살의 나이로 짧은 삶을 마감하고 말았다. 6월 10일 그는 프라하 슈트라슈니츠의 유대인 공동묘지에 안장되었다.

카프카의 단편에 나타난 많은 주제는 장편에서도 등장한다. 나중에 『소송』에 삽입된 단편 「법 앞에서」는 접근하기 어려운 법과 그것에 대한 인간의 끈질긴 열망을 보여 준다. 『소송』에 나오는 능력 있고 양심적인 은행원이자 독신자인 요제프 K는 그를 체포하러 온 사람에 의해 잠이 깬다. 치안판사의 법정에서 행해지는 심문은 환멸스러운 어릿광대 극으로 바뀌고, 그가 무슨 혐의로 체포되었는지는 설명되지 않는다. 이런 상황에서 요제프 K는 접근할 수 없는 법정에 스스로 찾아가 자신이 알지도 못하는 죄로부터 무죄 석방을 받기 위해 전념한다. 그는 중재자들에게 호소해 보지만 그들의 충고와 설명은 오히려 새로운 혼란을 가중할 뿐이다.

「화부」는 『실종자』 1장을 이루고 있다. 카프카는 「화부」에 대해 꿈에 대한, 결코 현실이 아니었을 것에 대한 회상이라고 말하면서, 주인공 카를 로스만은 유대인이 아니라고 밝힌다. 로스만은 하녀에게 유혹당해 아이를 갖게 하는 바람에 부모에 의해 미국으로 보내진다. 거기서 아버지와 같은 유형의 많은 인물과 은신처를 찾으려 애쓰지만 순진하고 단순한 그의 성격으로 인해 어디서나 이용당하며, 마지막 장의 묘사에 따르면 꿈의 세계인 '오클라호마의 자연극장'에서 일자리를 얻게 된다. 카프카는 로스만이 궁극적으로 파멸하게 되리라고 말한 적이 있다.

카프카의 후기 작품인 『성』의 무대는 어떤 성의 지배를 받는 조그마한 촌락이다. 이곳의 겨울 풍경 속에서 시간은 흡사 정지해 버린 것 같고, 거의 모든 장면은 어둠 속에서 벌어진다. K는 성 당국이 임명한 측량기사라고 주장하며 마을에 도착하지만, 마을 관리들은 그의 주장을 물리친다. 이 소설은 K가 성으로부터 다시 인정받으려고 노력하는 과정을 그린다. 성에 접근하기 어렵지만, K는 희생자가 아니라 공격자로서, 하찮고 거만한 관리들과 그들의 권위를 받아들이는 마을 사람들 모두에게 도전한다. 그러나 그의 책략은 모두 실패하고 만다. 『소송』의 요제프 K처럼 그 역시 하녀와 사랑을 나눈다. 그러나 술집 여종업원 프리다는 그가 자신을 단순히 이용하는 것뿐임을 알게 되자 그를 떠나 버린다.

1920년대에 이미 발터 베냐민이나 쿠르트 투콜스키 같은 몇몇 문예 비평가들은 카프카에게 지대한 관심을 보였지만, 카프카가 죽을 무렵 그가 사귄 문학인들은 소수에 지나지 않았다. 카프카는 막스 브로트에게 출판되지 않은 원고는 전부 없애고, 이미 인쇄되어 나온 작품은 재판 발행을 중지해 달라고 유언했다. 카프카는 자신의 작품을 출간하지 않고 전부 파괴함으로써 어둠 속에 잠겨 있기를 원했다. 그는 자신의 소설이 세상에 드러나면 오용될까 우려했을지도 모른다. 하지만 카프카 특유의 신중함과는 거리가 먼 행동적이고 낙관적인 브로트가 이를 따르지 않음으로써 아이러니컬하게도 카프카의 이름과 작품이 사후에 세계적인 명성을 얻었다. 그런데 그의 명성은 처음 히틀러 점령 시 실존주의 작가 사르트르와 카뮈에 의해 프랑스와 영어권 국가에서 널리 알려졌다. 그가 독일과 오스트리아에서 재발견되어 독일 문학에 지대한 영향을 끼치기 시작한 것은 1945년 이후였고, 공산권에서도 그의 가치를 재조명하기도 했지만, 조국 체코에서 그는 퇴폐적인 부르주아 작가로 낙인찍혀 오랫동안 금지된 작가로 있었다. 그러다가 동구권의 몰락 이후 다시 그의 이름은 명성과 자유를 얻게 되었다. 특히 체코 출신의 밀란 쿤데라는 『참을 수 없는 존재의 가벼움』에서 주인공의 이름을 토마스와 프란츠로 하면서 토마스 만과 프란츠 카프카를 기림과 동시에, 작품의 구조나 주제도 카프카의 『변신』과 다른 작품들의 그것을 대거 수용하고 있다.

잠언과 일기

1909년부터 1923년까지 카프카가 쓴 일기의 대부분이 보존되어 있다. 여기에는 개인적인 메모, 자전적 성찰, 글쓰기에 대한 작가 자신의 견해뿐만 아니라 아포리즘(예컨대 취라우 아포리즘), 소설 초안 및 수많은 문학 단편도 포함되어 있다. 카프카는 1917년부터 1918년 봄 사이에 걸쳐 8절지 노트에 자신의 사상, 세계관, 종교관을 담은 아포리즘을 기록한다. 1920년경 카프카는 잠언을 정선하였는데, 브로트는 이것을 『죄, 고뇌, 희망과 참된 길에 대한 성찰』이라는 제목으로 발간한다. 본서에서는 여기에다가 '가사(假死) 상태에 관해'를 첨가했다. 이들 아포리즘에 자주 등장하는 단어는 세계, 삶, 인간 그리고 길이다. 카프카가 말하는 길은 노장 사상의 도(道)와 상통되는 점이 있다. 카프카는 공자의 『논어』, 노자의 『도덕경』, 장자의 『남화경』을 관심을 갖고 읽은 것으로 보인다. 카프카의 아포리즘과 산문은 서로를 보충하면서 하나의 전체를 이루고 있으므로 산문을 이해하기 위해서는 잠언을 읽는 것이 도움이 된다.

카프카의 연인 밀레나 예센스카는 1921년에 카프카로부터 일기와 『실종자』 원고를 넘겨받았다. 그의 일기는 타인에게 보여 줄 생각이 전혀 없었던 자신의 내면 기록이다. 거기에는 막스 브로트와 책 편집을 논의하는 모습, 밀레나에게 일기장을 넘겨준 이야기, 애증 관계였던 아버지로부터 질책을 듣는 카프카, 자신의 결핵에 대한 단상이 진술하게 기록되어 있다. 그는 약혼과 파혼으로 인한 불면과 두통으로 심각한 병을 불러들였으며, 결국 혹사당한 피가 쏟아져 나왔다고 말한다. 뇌가 걱정과 고통을 견딜 수 없는 상황이 되자 뇌와 폐 사이의 협상이 이루어져 폐가 짐과 고통을 덜려고 자원했다는 것이다. 이 내밀한 일기는 하나의 훌륭한 연애 소설의 성격을 띠고 있으며, 그 중심축은 불안이다. 병에 대한 불안뿐만 아니라 나아가 고향을 상실한 유대인으로서의 불안, 형이상학적인 삶의 불안 등이 이 연애 편지의 중심축을 이룬다.

카프카는 평소 자신의 작품에 대해 엄격한 판단을 하여 직접 자신의 유고 일부를 처분하기도 했다. 이 책에 실린 작품들은 카프카의 유언대로라면 막스 브로트에 의해 불살라 없어져야 할 원고다. 그는 병석에 누운 상태에서도 도라 디아만트에게 자신의 유고를 난로 속에 던져 넣어 버릴 것을 간청했다. 친구 게오르크 랑거[11]의 회고에 따르면, 카프카는 무미건

---

11 게오르크 랑거(Georg Langer, 1894~1943). 프라하 태생의 유대계 작가로 독일어, 체코어, 히브리어로 글을 썼다. 『카발라의 에로틱』(1923)으로 유명하다. 카프카와 브로트는 1921년 가을 그에게서 히브리어를 배웠다.

조한 미소, 신중한 행동, 우아하게 말하는 스타일의 소유자였고, 시오니즘에 관심이 있되 시온주의자는 아니었으나 시오니즘을 실현한 사람에 대해 부러워하는 입장이었다. 카프카가 미발표된 글을 불태워 달라고 하자, 랑거가 그럴 거면 왜 글을 쓰고 발표하느냐고 물었더니 이렇게 대답했다고 한다. "나도 잘 몰라. 그 모든 것에도 불구하고 어떤 무언가가 나로 하여금 기억을 남기도록 내몰고 있어." 카프카 본인이 보기에는 불태워야 할 미흡하고 부족한 미완성 작품들일지 몰라도 오늘날 카프카라는 작가의 심오한 세계를 들여다보기 위해서는 꼭 필요한 유고다.

카프카는 자기 작품에 관해 늘 브로트와 의견을 나누었고, 브로트는 카프카가 낭독한 작품을 처음으로 경청해 준 절친이었다. 브로트는 카프카가 죽은 후 영영 사라질 뻔한 원고의 대부분을 각고의 노력 끝에 1924년에 찾을 수 있었다. 1939년 나치 군대가 프라하를 침공했을 때, 그는 카프카의 원고들을 손가방에 넣고 이스라엘의 텔아비브로 피신하여 그곳 쇼켄 도서관 문서실에 보관한다. 그 사이 독일어권에서는 유대인인 카프카의 작품이 나치에 의해서 발간 금지되었고, 그의 책들은 불 속으로 던져졌다. 브로트의 노력이 없었다면 우리는 세계적인 작가 한 사람을 잃었을 것이다. 2차 세계 대전 중과 이미 그 전후에 여러 편지, 문건, 자료들이 분실되었다. 1933년에는 게슈타포가 베를린의 도라 디아만트의 집을 급습하여 카프카의 원고 뭉치를 압수해 갔고, 그것은 그 후 행방을 알 수 없게 되었다. 1956년 수에즈 운하 사건으로 근동에 전운이 감돌자 브로트는 잘만 쇼켄의 권유로 카프카의 원고를 스위스의 취리히 은행 금고에 옮겨 보관한다. 후일 독문학자 M. 패슬리는 한 청강생의 소개로 카프카의 조카인 마리안네 슈타이너를 알게 된다. 그녀 덕택으로 그는 1961년 3월 스위스 취리히 은행 금고에서 카프카 원고를 발견하여, 그녀의 소원대로 이 원고를 1962년 옥스퍼드 대학 보들리언 도서관에 보관함으로써 카프카 육필 원고의 대부분이 현재 그곳에 보관되어 있다.

카프카는 흔히 섬뜩하면서도 섬뜩한 것을 만들어 내는 병든 기괴한 남자, 일종의 외계인으로 알려져 있다. 그러나 그는 어디서나 사람들의 호감을 얻었고, 주위의 많은 사람에게 인기가 있었다. 그는 일상생활에서 친절했고, 남의 어려운 일을 기꺼이 도왔으며, 매력적이면서 따뜻한 마음으로 상대방의 이야기를 들어주면서도 절대 나서지 않는 사람이었다. 단 하나의 예외가 작가 에른스트 바이스[12]였다. 카프카가 그의 소설 서평을 써 주지 않아 화가 났던 것으로 보인다. 1930년대에도 그는 카프카의 문학 작품을 높이 평가하면서도 그를 '사회적인 자폐증 환자'로 묘사했다.

카프카가 생전에 무명 작가라고 알려졌지만, 실은 그는 1915년 폰타네 상을 수상한 신예 작가였고, 문예 비평에서도 종종 다루어지던 나름 이름있는 작가였다. 그가 작가로서 명성을 얻는 일에 무관심했다는 것도 사실이 아니다. 자신의 소

---

12 에른스트 바이스(Ernst Weiss, 1884~1940). 오스트리아 의사 겸 작가. 카프카와 오랫동안 가까이 지냈다. 1934년 파리로 이주했지만 의사 일을 할 수 없었고, 독일군이 입성하자 자살로 생을 마감했다. 그의 자살은 후일 안나 제거스의 『통과여행』(1944)의 모델이 되었다.

설을 체코어로 번역한 예센스카의 편지에 큰 관심을 보이며 「화부」 번역이 실린 잡지 《크멘》[13]을 스무 권 사놓도록 오틀라에게 부탁한다. 이처럼 카프카는 고고한 신적인 존재가 아니라 직장 업무에 시달리며 탈출을 꿈꾸는 평범한 직장인이었고, 사랑과 인정을 갈구하는 사랑꾼이자 애정 결핍증 환자였다. 심지어 그는 카지노를 찾고 사창가를 드나드는 일탈을 하기도 했다. 또한 고등학교 졸업 시험인 아비투어 성적이 특출나지 않았고, 그의 언어 표현 능력은 동급생을 훨씬 능가했으나 독일어 과목 성적은 보통 정도였다. 그런데도 그가 독일어로 글을 쓰고 탁월한 작가가 되었다는 사실은 평범한 독자들에게 많은 위안을 줄 수 있을 것이다. 카프카는 욕심이 없지 않았고, 배움 의지도 강해 늦은 나이인 1922/23년 겨울 개인교습까지 받으며 히브리어를 공부하기도 했다. 사교적이고 대개 낙천적이었던 브로트와는 달리 그는 주기적으로 우울증에 시달렸으며 자살에 대한 생각을 비치기도 했다. 그러나 이미 중환자였던 그가 베를린의 슈테글리츠 공원에서 인형을 잃어버린 어린 소녀를 위로하기 위해 삼 주 동안이나 진지하게 인형의 이야기를 꾸며 내 소녀에게 들려준 감동적인 에피소드는 그의 따뜻한 마음씨와 진실한 인간적 면모를 잘 보여준다. 그는 예술을 통해 아이의 갈등을 해소하려 했다. 예술은 세계에 질서를 부여하기 위해 카프카가 개인적으로 사용할 수 있었던 가장 효과적인 수단이었다.

  카프카의 글쓰기 방식으로 볼 때 삶이 지속되는 한 해결

---

13 체코어로 '종족'이라는 뜻이다.

은 어렵고, 삶이 끝나는 순간 해결이 무의미하게 된다. 카프카에게 글쓰기는 일종의 강신(降神) 행위다. 카프카는 사무실로부터의 자유를 꿈꾸지만, 직업을 포기하는 순간 물질적 토대가 무너지면서 글쓰기 자체도 붕괴할 위험이 있다. 그는 고독한 수도원의 삶을 희구하지만, 이것 역시 현실에서 달성하기 쉽지 않다. 단 며칠 동안이라도 글을 쓰지 못할 경우 그는 심한 자책감에 시달리며 두통과 불면증, 심지어 우울증을 겪었다. 카프카는 야누흐와의 대화에서 잠을 죽음의 정다운 방문이라면서 자신의 불면증이 어떤 방문객에 대한 일종의 불안 증세일지도 모른다고 말한다. 그는 글을 써야 한다는 강박에 시달리며 내적으로 병적인 심리 상태에 있었다. 그의 작중 인물들 역시 행동 의지가 결여되었을 뿐 아니라 주저, 서투름, 불안, 고독의 모습을 보인다. 내면의 목소리와 유령에 귀를 기울이는 카프카에게 문학은 사전에 그 결과를 알 수 없는 삶의 실험이다. 이와 동시에 주인공의 가망 없는 투쟁에서 좌절은 이미 결정되어 있다. 그의 문학은 자신의 내면과 현존재를 투영한 것이기 때문이다. 편지와 일기를 포함해서 카프카의 삶 전체가 문학이다. 그리하여 쉽게 현실에 안주할 수 없는, 현실의 벽을 넘어서서 자유와 해방을 꿈꾸는 그에게 현실이 문학이 되고 문학은 다시 현실이 된다.

이 책[14]에서는 카프카의 아포리즘과 일기를 모두 수록하

14 번역에 참고한 저본은 다음과 같다.
    잠언(Franz Kafka, *Nachgelassene Schriften und Fragmente*, Fischer 1992).
    일기(Franz Kafka, *Tagebücher, Kritische Ausgabe herausgegeben von*

지 않고, 그를 이해하는 핵심이 될 만한 내용을 중심으로 발췌하여 실었다. 카프카의 방대한 저서를 일반 독자들이 다 읽어 내기에는 어려움이 있기에, 한 권으로 정리하여 일목요연하게 살펴볼 수 있게 했다. 이 책에 수록된 카프카의 잠언과 일기를 통해 그의 전체적인 실제 모습을 그려 볼 수 있을 뿐만 아니라 흔히 알려진 카프카의 인상과는 다른 진면목을 알 수 있다. 특히 일기를 보면 그의 작품들에서 느껴지는 기괴하고 부조리한 종잡을 수 없는 모습이 사라지고, 진지하면서도 낭만적이고 서정적이며 열정적인 사랑꾼의 모습이 나타난다. 그리하여 카프카는 사랑의 열병을 앓으면서도 뒤돌아서야 하는 괴테의 베르테르와 자연과 정신, 삶과 예술 사이에서 갈등하고 저울질하는 토마스 만의 토니오 크뢰거의 모습으로 우리에게 신선하게 다가온다.

홍성광

Hans-Gerd Koch, Michael Müller und Malcolm Pasley. Frankfurt am Main, Fischer 1990).

옮긴이
홍성광

서울대학교 인문대 독문과 및 동 대학원 졸업, 토마스만의 장편 소설 「마의 산」으로 박사학위를 취득했다. 저서로 「독일 명작 기행」, 「글 읽기와 길 잃기」가, 옮긴 책으로 쇼펜하우어의 「쇼펜하우어의 철학 이야기」, 「의지와 표상으로서의 세계」, 「쇼펜하우어의 행복론과 인생론」, 「쇼펜하우어와 니체의 책 읽기와 글쓰기」, 니체의 「비극의 탄생」, 「차라투스트라는 이렇게 말했다」, 「도덕의 계보학」, 괴테의 「이탈리아 기행」, 「젊은 베르터의 고뇌 · 노벨레」, 게오르크 루카치의 「영혼과 형식」, 헤세의 「헤세의 문장들」, 「청춘은 아름다워」, 「헤세의 여행」, 「헤세의 책 읽기와 글쓰기」, 「데미안」, 「수레바퀴 밑에」, 「싯다르타」, 「환상동화집」, 뷔히너의 「보이체크. 당통의 죽음」, 토마스 만의 「예술과 정치」, 「마의 산」, 「부덴브로크 가의 사람들」, 중단편 소설집 「베네치아에서의 죽음」, 카프카의 「성」, 「소송」, 중단편 소설집 「변신」, 실러의 「도적들」, 「빌헬름 텔. 간계와 사랑」, 페터 한트케의 「어느 작가의 오후」 등이 있다. 2001년 한독문학번역연구소 번역상, 2022년 한독문학번역연구소 창립 30주년 기념 특별 번역가 문학상을 수상했다.

너와
세상 사이의
싸움에서

1판 1쇄 찍음 2024년 5월 24일
1판 1쇄 펴냄 2024년 5월 31일

지은이 프란츠 카프카
옮긴이 홍성광
발행인 박근섭, 박상준
펴낸곳 (주)민음사

출판등록 1966. 5. 19. 제16-490호
서울시 강남구 도산대로 1길 62(신사동)
강남출판문화센터 5층 06027
대표전화 02-515-2000 팩시밀리 02-515-2007
www.minumsa.com

© 홍성광, 2024. Printed in Seoul, Korea

ISBN 978-89-374-3836-3
ISBN 978 89 374 2900 2 (세트)

* 잘못 만들어진 책은 구입처에서 교환해 드립니다.